歌舞伎町阿弥陀如来

KABUKI-CHO
AMIDANYORAI

著・藤井学

CYZO

序章　歌舞伎町五人衆の真実

東京のアウトロー事情に興味のある人なら、「歌舞伎町阿弥陀如来」って名前を聞いたことがあるかもしれない。

たいした期間はやっていなかったけれど、俺はこの名前で、ニコニコ生放送ってところでクスリでキマりながら喋っていたこともあった。そのインパクトが強かったらしく、たくさんの閲覧者がやってきた。

それから、インターネットの掲示板のスレッドとかだと、歌舞伎町五人衆っていう奴らと一緒に俺の名前がよく出ている。なんでも、この五人衆というのは、無尽蔵に金を持ち、金の力を背景にして、歌舞伎町の闇社会で頂点を極めているのだという。

ネットの文章をそのままコピペしよう（編集部註　実在する人物もいるため、一部イニシャルに変更しました＝基本、原文ママ）。

「五人衆は華僑、関東連合、蛇頭、五菱会系闇金幹部と猛者揃い。Tを女帝にした莫大な資金力の軍団。

関東連合、怒羅権が支配するイベサー等、全国47都道府県を網羅した巨大イベントの創設者が黒幕のK」

「歌舞伎町五人衆グループの大幹部列挙（総勢500名）
①総帥Y様　総資産300億以上
②五人衆最大派閥　K様　最大量袖総資産200億以上　イベント仕切と金融詐欺？の帝王
③T様　蛇頭　総資産100億以上
④関東連　K様
⑤元かじっく　K様〈補佐3人組〉
⑥グループ筆頭　O様
⑦ワンクリック王　T様
⑧（逮捕）S様〈補佐3人組相談役〉
⑨（逮捕）O様〈五人衆グループ顧問〉
⑩歌舞伎町阿弥陀如来様」

この羅列されている名前の中では、俺は10番目に記載されている。

俺はそのことを周りの奴から聞いて知ったのだが、何のことやらって感じだった。その五人衆の1人でもあるY君は、俺の友人だが、彼に尋ねてみても「五人衆？　何それ」とキョトンとした反応しか返ってこない。

のっけから、ネット上で膨らんでしまった幻想を壊してしまうようで悪いが、実際は、歌舞伎町五人衆なんていうネットワークなど存在していない。彼らが歌舞伎町という街で絶大な権力を握っているというのも眉唾なものだった。

その実態を、この本では率直に話そうと思う。

ここで名前が出てくる者たちは、そんな「闇の権力者」的なものでも何でもなくて、単に「歌舞伎町で派手に遊んでいた奴ら」というぐらいでしかない。

例えば、歌舞伎町のキャバクラに行けば、2人から3人でシャンパンをどんどん空けていって、一晩で150万円ぐらいはすぐに使ってしまう。一般のサラリーマンとは比べ物にならないくらい、金遣いが派手だった。確かに五人衆は、それぐらいの財力はみんな余裕で持っていた。そして見た目も、どう見てもまともじゃない。

キャバクラは、六本木にだって銀座にだって、東京の至るところに存在している。そんな中、歌舞伎町のキャバクラは何が違うかというと、一番、グレーなタイプのメスが集まってきているということだ。

たとえ非合法なビジネスをやっていようが、金さえ持っていたら、メスが寄り集まってくる。それが歌舞伎町のキャバクラだった。六本木や銀座などにある店とは、明らかに棲み分けがなされている。

若くして金を持ち、威勢よく歌舞伎町で遊ぶ。そこで目立っていた奴が、いつしか、「歌舞伎町五人衆」などと呼ばれるようになってしまったのだろう。

そして、なぜか、そいつらと一緒に、俺の名前も並び称されるようになった――そんなところが真相だろう。

では、俺がいかにして、若くして大金を稼いできたか。それは、ネットに張りついているアウトローウォッチャーたちも、よくわかっていないのではないだろうか。

「金貸し」――それが、俺の仕事だ。

これまで、あらゆる類の人間に金を貸してきた。場末の風俗嬢、借金苦に喘ぐサラリーマン、風俗店の店長、中小企業の社長、最先端のエンターテイメントビジネスを手掛ける企業……その額は何十、何百億円にものぼるはずだ。

21歳の頃には、俺はもう人に金を貸していた。当時、俺は既にトヨタの高級車セルシオを乗り回し、何百万円もする時計や金のネックレスを身に付け、羽振りよく夜の街を歩いていた。

すると、カジノや麻雀屋、パブなどのママや店長たちから「金を貸してくれないか」と相談を受ける。

貸した金が返ってこなかったらまずい。だから自分のバックには、怖い人たちがいることを仄《ほの》めかし、バックレられないように注意を払っていた。当時、俺によくアドバイスしてくれたのが、3つ年上の兄貴だった。

「カネに困ってる奴に貸すときは、返済能力がどこまであるのか見極めろ」

俺はその助言に従って、貸す相手のことをよく調べた。

どうやったら金を返してくれるのか、そしてどれぐらいの金を貸していいものなのか。その頃から俺は、金貸しとしての技術を磨いていたのだと思う。

金を介して人が寄り集まり、感謝され、相手とより親密な関係を築くことができる。人脈が広がっていく――。

世間から見たら年端もいかないガキが、夜の街で一目置かれるようになったのも金のおかげ。世の中は金じゃないなんて言う奴もいるけれども、当時の俺は、そんな奴らを鼻で笑っていた。

お前、金がないと、そのちっぽけな世界の中で生きていくことになるよ。金がないと見えてこない世界があるし、付き合えない人たちがいる。金を持っていないと、この世界、誰も振り向いてくれない――。

俺は博打もやったし、株もやったし、裏カジノにも出入りしていたし、車のブローカーみたいなこともやった。クスリを売ってみたりと、アコギな裏仕事にも手を出したことだってあるし、ギャングみたいに「この野郎、金持って来いよ！」って引っぱたいて金を奪ったこともある。

金を得るためにはありとあらゆることをやった。ただ、何かが物足りなかった。

そんな俺が、25歳のときに始めたのが「闇金」だ。

その頃には、金は育ててやると、どんどん増えていく類のものだっていうことに、俺は気付いていた。1円は2円になり、2円は10円になる。それが何乗にもなって、金はどんどん肥え太っていくのだ。

これこそ、俺がやりたかったことなのだ。

時は2001年――情報化社会だとか騒がれていた時代。ブロードバンドが広まってきた頃、俺は仲間とともに闇金ビジネスに乗り込んだ。

これは、俺の金貸し時代と不良時代の話、そして薬物から転げ落ちていくまでのことを赤裸々に書き綴った話だ。

第一章

「金貸し」

KABUKI-CHO UNDERWORLD

歌舞伎町阿弥陀如来誕生

「学くん、今は闇金が熱いよ」

２００１年、俺よりも先に闇金を始めていた奴が、そう教えてくれた。そいつは当時、荒稼ぎしていると評判だった後輩のひとりだ。

「そう？　でもパクられたら結構いくんじゃないの？」

「いや、20日で終わるよ。よっぽど監禁とか無茶しない限り大丈夫だよ」

「へえ、じゃあ、やってみるか！」

それまで俺は、パチンコの打ち子やら、マリファナ売買やら、博打やら株やら色々とやっていた。でも、どれも人生の根っこに据える仕事じゃないなって思っていた。

闇金——。

そう、それだ。そいつが、俺がやるべき仕事なんだ。

後輩は「学くん、こうでこうで、こうすると稼げるんすよ」などと事細かく教えてくれる。そのおかげで会社を立ち上げるにあたって、俺はシステム的なところは全て把握できた。すでに闇金で成功している奴からノウハウを聞いて、それをまねるだけだから簡単だった。

「よし、おまえら、これからみんなで闇金やるぞ！」

俺が一声かければ、すぐに集まってくれる後輩や友人なんかがけっこういた。不良ばかり5人ぐらい集めて最初の店を出した。

最初の店舗は、北新宿にあるビルだった。俺のじいちゃんが所有していた物件を貸してもらったのだが、このじいちゃんについては後でゆっくり説明したい。俺が、「歌舞伎町阿弥陀如来」を名乗り始めたのも、さかのぼってみれば、じいちゃんの影響だ。

ビルの2階の30坪のスペースに、机と電話を置いた。

闇金とはいえ、会社は会社だ。俺が社長をして、仲間の社員たちを引っ張っていかなくてはならない。会社としての体裁が整っていくことに喜びを覚えた。それまで根なし草のギャングのような生活を送ってきたが、これからようやく地に足を着けて事業をやっていくのだと考えると身が引き締まっていく。これで俺も一人前の社会人なんだっていう感覚だ。いいや、社長なんだから一人前以上だろう。

「他の業者が6時で終わるんだったら、うちは9時、10時までやるぞ！」

俺は仲間たちにハッパをかけた。

俺はすでにそれまでの不良人生で、その辺でのうのうと生きている奴らより何倍何十倍と濃い人生を送ってきていた。その中でいろいろ学ぶこともあった。

新規参入の業者がのし上がっていくためには、他と同じようにやっていたらダメだ。最初のうちは無理をしてでも働かなきゃいけない。

食うか食われるかの弱肉強食の世界。不良として生きてきた俺は、それぐらいは言われなくてもわかっていた。

兄貴が高円寺にレストランを開店、一家でお祝いに駆け付けた

「俺たちは学さんについていきますよ」

みんなそう言って必死に働いてくれた。幸いにも、仲間たちはこんな俺についてきてくれる者ばかりだった。

名簿が命

闇金をやる上で何よりも必要なのが「名簿」だ。名簿に載っているのは、過去に闇金に手を出した奴らがほとんどだ。要するに、金に困っている奴らだ。

闇金業者は手に入れた名簿をもとに、上から1人ずつ電話でアタックをかける。前に金に困って闇金に手を出した奴は、次も金に困れば闇金に手を出す。そういう奴は、その蟻地獄から抜けられない。

消費者金融の名簿だったり、他の闇金業者から流れてきた名簿だったりと、不良仲間の人脈を伝っていくと様々な名簿の情報が舞い込んでくる。

数十件の連絡先が書いてある名簿で1枚10円から20円、高いのだと1000円ぐらいと、値段はピンキリだ。名前と連絡先しか書いていないものもあれば、住所や家族構成まで書かれている資料まである。本当にまちまちだった。

「これ、他に出てないから、1枚500円な」

「出てねぇわけないだろ、もっと安くしろよ」

こうして交渉を重ねていく。その名簿が本当に価値があるものなのか、見極めなければいけない。

ある程度、組織が大きくなっていくと、他の闇金グループと交流し、お互いの客の名簿を交換することもあった。

「資料交換しましょうよ」

俺はそのグループに、そうやって話しかける。

「いいけど藤井さんとこ、客何人いるんですか?」

「500人」

「じゃあうちも500人分出しましょうか。半分コケても半分残りますね」

いい名簿をゲットできるかできないか、そこで成否が左右される。いい名簿とは、蟻地獄にはまって抜け出せなくなっている奴らの名前が載った名簿だ。

ちなみに、俺は、詐欺は大嫌いだから手を付けていないが、今の架空請求詐欺なんかも、闇金と同様に名簿をベースとして事業を展開している。

今は名簿業者もだいぶ増えているみたいだ。インターネットで検索すると、そういう名簿がヒットする。例えば、そういう名簿屋にアクセスして、「埼玉県」「60歳以上の男女」などと要望を出すと、その条件に合ったデータが、エクセルファイルなんかで送られてくる。そこに一件あたりいくらといった料金を支払う。

全く誰とも会うこともなくて、インターネット上だけでデータを手に入れられる時代になってしまった。便利な世の中になったものだ。闇金業者の中には電話一本で営業し、客とも名簿屋とも一切会わない連中もいるほどだ。

俺の時は、そういうサービスをしていた奴もいるのかもしれないが、じかに名簿の持ち主と会って、その価値を判断し、腹の探り合いをしながら交渉して手に入れるのが通例だった。

電話をかけると、借り入れのお客さんとも、まずは探りを入れていくところから始める。

「え、いくら必要なんですか？　５万？　それで、どこに勤めてるんですか？　ちゃんと返済できますか？」

とにかく、相手の身元をしっかり押さえること、そして、返済可能かどうかを把握することは重要だ。逆に言えば、これだけわかっていれば、闇金は簡単に始められる。だから、名簿が重要なのだ。

顧客は校長先生や警察官の奥さんたち

基本的な情報をゲットしたら、口座番号を聞き出す。そして、そこに金を振り込む。おおむね数万円から高くても10万円ぐらいだ。金に困って利息の高い闇金を利用する奴に数十万とか100万以上の金を貸して戻ってくるはずがない。

逆に考えれば、わずか数万の金を他人から借りなければ回らないような奴らだ。また金がなくなれば、また闇金に頼らなければ生きていけない。高い利息だけを延々と支払うはめになる。闇金にとってはいい客だ。

1週間で5割。負けてやったとしても、3割の水準はキープする。

仮に5割の場合、3万円を貸したとしたら、1週間後には、そいつは利子分の1万５０００円を俺たちの口座に振り込まなきゃいけない。これが3割の場合、９０００円だ。読者の人たちは、バカみたいに高いと思われることだろう。こんな利率で借りる奴なんているのかと。

でも、俺達から金を借りる客は、消費者金融でもブラックになっているような人たちで、もうまともなところから金を借りることができなくなっている奴らだ。俺たちを阿漕《あこぎ》な商売をしていると批判する奴らもいるだろうが、俺たちが客に金を貸してやらなければ、そいつらは犯罪を行うか、首をくくるかしかないような、人生の窮地に立たされている奴らだ。

俺は客たちを救ってやっているんだと思ってやっていた。客たちに救いの手をさしのべてやっているんだと。確かに高い利息を取ることは違法かもしれないが、困っている客がいるから闇金という商売が成り立っているのは事実だ。

地元・高円寺の先輩とプリクラでツーショット写真

客の中には、校長先生とか、自衛官、警察官の奥さんなんかもいた。なんで、そんなにお堅いはずの立場の人たちが、俺たちの世話になるのか分からないが、堅い職業の奴らは世間体を気にして、問題が起きても自分で処理しようとする傾向がある。

ちょっと贅沢しすぎて金に困っても親戚や友人を頼るわけにはいかない。すると、消費者金融に手を出すようになる。しばらくの間は、もう二度とこんな馬鹿なことはしないと心に誓うが、人間はそう簡単に変われるものじゃない。

また贅沢をして金に困るようになる。消費者金融に行く。返済しようにもだんだんできなくなってくる。ここで周りに頼ればいいが、堅い職業だったり、変にプライドが高かったりと、世間体を気にするから、頼れない。こうして、闇金に手を出すようになるのだ。

「警察の奥さんはさすがにやばいんじゃないっすか?」

「でも、旦那に黙って借りてるしなあ」

「あんまり追い詰めちゃって旦那に相談しちゃったら、目の敵にされて踏み込まれるんじゃないですかね」

俺たちはそう言い合って心配になった。

ぱんぱんに膨れる膿と一緒で、隠そう隠そうとしても、いつかは周囲にバレるときが来るものだ。警察や法律関係の奴らはそういうときは強い。なるべくなら関わりたくはない連中だった。

闇金の鉄則「風俗嬢には貸すな」

また、もうひとつ。風俗嬢に貸すときも注意が必要だった。俺はなるべくならそういう女は避けていたが、従業員は凝りもせずによく騙されていた。

「あぁ、あのクソアマ、逃げやがった！　電話かけても繋がらないっすよ！」

「だから、風俗嬢には貸すなって言っただろ」

「あのアマ、売り上げベスト5に入るとか言ってたくせに…」

「5人しかまともに出勤してないような店なんじゃねえの？」

風俗嬢だからといって、誰でも金を稼げるだろうと思って貸すと痛い目を見る。

闇金に借りるような風俗嬢なんて、ろくに稼げていない奴らばかりだ。そして自己管理もできない。なおかつ、風俗嬢は出稼ぎの根なし草も多くて、あっという間に姿をくらましてしまう。風俗店に対する愛着なんかもない。つまり、ちゃんとした勤め先で働いているサラリーマンと比べるまでもなく、バックレ率は高いに決まっている。

闇金の掟としては、客に金を貸すときは、その客の身元、勤め先と住居がしっかりしていることが重要なのだ。客は金を借りるためなら平気で嘘をつく。それを鵜呑みにするのはまだまだ甘い証拠だ。勤め先と住居さえ押さえていれば、たとえどんな嘘を言おうと、最後はそこに突撃すれば金を回収することができる。根なし草のような風俗嬢はもっとも信用しちゃいけない連中だった。

闇金に借りるサラリーマンもやっぱり自己管理ができていない奴らは多いんだろうが、

闇金時代、末端の若い子たちの社員旅行へ、わざわざ出向くのが俺のスタイル。このときは草津温泉へ、7〜8台の高級車で乗り付けたら女将が驚いていた

少なくとも、そうそう簡単に住まいや職を移したりすることはない。

風俗嬢には貸しちゃいけない、それは鉄則だ。

取り立てで鍛えられた「交渉力」

客は、利子なんて考えずに3万円を借りる。1週間後には1万5000円を返す。元金の3万円はそのままだから、そのまた1週間後に1万5000円を返す。利子だけを払い続けて、最終的には、元金の何倍もの金を払うということになる。

しかし、こうして利子を払い続ける「優良顧客」はほんの一部だ。期日になっても振り込まれていないなんてのはザラ。

そういうときは、もちろん電話をかける。

「てめぇ、期限過ぎてんだろうが！　とっとと振り込まねえと、おまえの会社に乗り込んでくぞ！」

なんて、がーがー怒鳴りたてるのも一つの手だが、あんまり脅し過ぎると逃げられるだけだ。

逃げ道は用意してあげること。これも重要だ。そして理論立てて話し、相手が悪いと思わせることも効果がある。

俺はよくこんな感じで、相手と話した。

「おい、あんた、ふざけんなよ。今日、あんたのせいで銀行に行って金借りてよ、貸金庫から書類を取って、また書き直したんだよ。俺、嫁もいるんだよ。あんたに貸したお金は俺が結局、弁済しなきゃいけないことになってよ、俺は今、会社に残ることになってんだよ。どうしてくれるんだよ」

自分がトップだったけれど、下っ端のふりをして、会社とお客さんとの板挟みで苦労していることを訴えるというわけだ。そうしたら、向こうはさすがに悪いという気分になってきて、振り込まなきゃいけないと考える。

客は、自分たちは被害者だと思っている。金はないわ、法外な利子を払わされるわ、というわけだ。だから、闇金を悪い奴らだと決めつけて怖がったりする。そこで、俺がこっちのほうが被害者だっていうふりをすると、客は考えを180度変えて、罪悪感を抱くようになる。

「俺のほうが悪かったんだ。借りた金なんだから、ちゃんと返さなくちゃ」

そんなふうに考えるようになるのだ。

ここらへんの心理操作は、やっぱり俺が不良時代に、厳しい環境の中で身につけた知恵だと思う。不良をやっていると、他の奴らの10倍、20倍の経験を短い間に積むようになるからだ。

もちろん、俺がそんな名演技をしたところで、振り込んでこない「詐欺師」はいるのだが。

俺は金を返してこない奴を、「詐欺師」って呼んでいた。

だって、そうだろう。金を借りて返すという約束をしたのに返してこないのだから。そもそも最初から返す気もないくせに借りにくる奴もいるぐらいだ。

「違法に貸してる奴らから借りた金を返さなくって何が悪い」

って、開き直っているような奴らだ。そんな奴らは、「詐欺師」以外の何物でもない。こう言っちゃ悪いが、俺たちよりよっぽど腐った連中と言えるだろう。

少なくとも、闇金業者は金に困っている連中からの需要がある。金を借りて返さないのは犯罪だ。

結局、3人貸して1人飛んだとしても、ちゃんと2人が金を返してくれていたら問題ない。そういう意識で貸していった。

返してこない詐欺師に対して、新幹線代なんかを出して追いかけたとしても、時間と金、労力の無駄だ。そういう奴は、その後の人生も同じような姑息なことをしないでは生きていけないだろう。早晩、他の犯罪で警察に捕まるか、ヤクザに刺されるか、ろくな死に方ができないのは目に見えている。

「借りた金返さねえで済むと思ってるのか！」

客と会うことはほとんどなかった。振り込みの際には、銀行のATMから現金で相手の口座に入れる。キャッシュカードも何も必要ない。そして、受け取りの際には、相手に口座番号を伝え、そこに振り込んでもらうからだ。

ただやっぱり、額が額の場合、自宅まで追い込みをかけることもあった。

「ざけんなよ！　てめぇ借りた金返さねえで済むと思ってるのか！」

ガンガンとドアを叩きながら怒鳴り立てる。

しかし、中には神経の図太い奴らもいる。

「ちょっと迷惑だから帰ってくれませんか？　警察呼びますよ。闇金には別にお金を返さなくてもいいんですよ」

金を返してこない奴の方が悪いのに、いったい、どういう神経をしているのだろうか。

あまりにも腹が立った俺は、後輩を呼んで、窓ガラスを割らせた。

「な、何するんですか！」

「何って、あんたが出ないのが悪いんだろ！　人の金盗んどいて被害者面すんじゃねえ！」

もちろん、窓ガラスの弁償代なんて払わない。先に仁義を破ってきたのは相手の方だ。

俺たちにここまで手間を取らせるのだから、むしろその手数料も欲しいぐらいだ。

その代わりに俺たちはちゃんと返済してくれるお客さんは大事にする。

お金を受け取ったら、

「ありがとうございました。また何か困ったことがあったら言ってくださいね」

と、感謝の気持ちを伝え、今後も付き合っていけるように信頼関係を築き上げる。

俺たちは、ただ取り立てるだけの鬼じゃない。客商売の、ちゃんとしたビジネスをやっていたのだ。ただ、他よりも利息が異常に高いのと、返済してこない奴に対しては脅しをかけるけれども…。

闇金全盛期……金が金を生んでいく

俺が闇金を始めたのは、ちょうど五菱会が隆盛を極め、アウトローたちの間では闇金が注目を集めていた頃だった。当時、最大規模だった五菱会系の闇金グループは、指定暴力団の山口組（当時）が基盤となっていた。1000軒以上の店舗を保有する、言ってみれば日本最大規模の闇金フランチャイズ店だった。その五菱会系の闇金グループを頂点として、有象無象の闇金業者が誕生していた頃だったのだ。

当時の闇金業界は何でもありだった。日々、「殺すぞ、この野郎！」と客を追い詰めても、民事不介入によって逮捕されなかった。

俺は闇金の事務所を設立するにあたって、東京都に貸金業者として登録していた。大規模な闇金グループであっても登録していないところはある。

でも、貸金の登録をしているのとないのとでは、仕事をする側も借りる側も安心感が違う。登録さえしておけば、広告の審査もクリアできるし、貸金業規制法でパクられることはないため、最低限のリスクは回避できるのだ。

法に違反しているのは利息制限法の部分だけ。金を貸して利息を貰うという仕事自体は、銀行や消費者金融と同じだからだ。

開業してからしばらく経つと、1人、2人と客が増えていき、収入も増えていった。そうなってくると、当然、それだけ取り立てなきゃいけないから忙しくなった。

相手が夕方、電話に出なけりゃ、夜にかける。夜に出なけりゃ、朝にかける。朝から晩まで電話しっぱなしだった。

「学さん、全然手が回らないっすよ」

「やべぇな……。取り立てなきゃいけないのに、全然取り立てられてねぇし……」

従業員が全ての業務を担当しているからパンクしてしまった。

そこで俺は、かかってくる電話の窓口担当者、新規に営業して顧客を獲得する部隊、取り立てる部隊、銀行の前に待機させてお金を振り込む部隊を作って、役割分担を明確化するようになった。俺も会社の経営についてはいろいろ実践しながら学んでいったのだ。

これには多くのメリットがあった。

例えば、従業員の女の子が電話番だけして丁寧に対応する。すると、客も安心して、こならば借りてもいいかもしれないと考える。

しかし、客が滞納する場合、「別会社に債権を譲渡した」という体を取って、取り立て部隊が「おら、この野郎!」とオラオラで取り立てに行く。そうすることによって、元の会社が「クリーン」なイメージを保つことができるのだ。誰だって、オラオラで取り立てている会社からは金を借りたいと思わない。

取り立て部隊は朝から始め、夜10時ぐらいまでは続ける。

金を振り込んで、1週間のスパンでその利子を取り立てるという、その繰り返しだ。

事務所には1日200万円ぐらいの金を置いておけば十分に事足りた。1人に貸すのはせいぜい数万から5万円程度で、1日10人に5万円貸したとしても50万円程度だからだ。

でも、1週間で5割の利子だとしたら、全部回収したとして、1週間後には25万円が儲かることになる。

金はどんどん育ち、増えていくのだ。

闇金の取り立てでは「非情」になれ

一店舗目を出してから半年ほど経った頃、俺の会社は軌道に乗り、中野に2店舗目を出した。そして、とんとん拍子に成長し、3店舗目、4店舗目と出店して、5店舗目まで膨らんだ。俺は統括者として、その5店舗を統合して指示を出すが、それぞれの店舗は信頼できる店長たちに任せた。

店長に任命する奴らには、最初にちゃんと説明した。

「店長は体がかかるよ。全部の責任を取らなきゃいけない。何を聞かれても口を割らないこと。俺や仲間を売らないこと。パクられても、身柄を拘束されるのは20日間だけだ。略式裁判で金を払ったら終わりだから。よっぽどひどいことをしない限り」

店長は警察に踏み込まれたとき、全部ひっかぶらなきゃいけない。でも、それでも引き受けるのは、それだけのうまみがあるからだ。

月にいいところだと、800万円ぐらい稼ぐが、悪いところでも100万円から200万円ぐらいは稼いでいた。平均すると500万円ぐらいだろう。売り上げのうちの7割を納めさせていたが、店長からしてみれば、残りの3割は自分たちの手元に入る。稼いでいる店長の場合、月に100万円以上は懐に入ってきていたのだ。

かたや俺の取り分はというと、各店舗の7割。一店舗500万円だとして、5店舗で2500万円。そのうちの7割というと、1750万円だ。年間だと、2億1000万円ほどになる。それ以外にも、その頃の俺は博打場をやったり、中小企業の社長連中をターゲットにした金貸しもやっていたから、年収にすると億は軽く超えていた。

店を増やしてからは、売り上げが爆発的に上がっていった。

歌舞伎町の飲み屋で。アイスペールでシャンパンを一気飲みする俺

それぞれの店のチームワークによって金貸しのバリエーションが増えたためだ。

例えば、仮にA社からE社としてみよう。客からすると、別の業者に見えるが、実は全て同じ系列店だ。各店舗は共有の名簿を保持していて、それぞれの客がどれぐらい借りているかといった情報も共有している。

A社の返済日の2日前ぐらいに、B社から営業の電話をかける。

「お金にお困りではないですか？　もしよろしければ、お貸ししましょうか」

「本当ですか？　貸してください」

どこからも借りることのできない客は、喜んで借りる。そして、その借りた金を、A社の返済にあてる。こうしてグループ会社で金を貸しまくることによって、雪だるま式に借金が増えていく。

「今いくら借りているんですか？　合計20万ですか……なるほど、じゃあ、20万でうち一社にしてあげますよ」

こうして借金をまとめてあげる。しかし、それは系列の闇金の額をまとめただけであって、実質は何も変わっていないのだが。

社員との絆が会社を育てる

そんな各店舗のチームワークは、五菱会系の闇金グループも得意とするところだった。俺たちも五菱会系のやり方を真似していたと言っていい。

ただ、内情を聞いていると、俺たちのグループの方が、五菱会系よりもいいんじゃないかと思えるところもあった。

というのも、五菱会系の闇金の場合、上部組織が上前をはねてしまって、店舗側の社員には売り上げの10％ぐらいしか還元されていないという話を聞いたからだ。鬼のように働いてもそれだけしか金がもらえないんだったらバカバカしくなるのは当たり前だ。ノウハウを覚えたら独立する奴が後を絶たないようだった。

当時は辞めていく人間がいても、いくらでも人員は補充できた。なにせアルバイト情報誌に闇金の求人広告が出せた時代だったからだ。でも、俺は、そんな使い捨ての会社にはしたくなかった。ちゃんと人材を育てたい。自分ももちろん金は貰うが、従業員たちにも金は渡したい。

闇金なのだから、ブラックも何もあったもんじゃないと思うだろうが、少なくとも俺は、働いている人間には幸せになってもらいたかった。特に、自分の直下にいる店長に対しては、そういう思いが強かった。

会社や組織というのはしょせん人の集まりだ。だから、トップに立つ人間は組織の一人一人を大事にしなくちゃいけないはずだ。大事にされて育った一人一人がその組織を強く大きくしていくわけだから。社員を大事にしないような会社の経営が早晩、傾くのは、ニュースを見ていればわかることだ。

俺は儲かっていい夢を見られるけど、社員は俺の代わりに散々働くだけ働かされて、何のうまみもない——そんなのダメだろう。俺も儲かれば、社員も儲かって、「俺のもとで働いてよかった」と思われるようじゃなければいけないと信じていた。ウィン・ウィンの関係ってやつだ。

だいたい、いざというとき、彼らは俺の代わりに逮捕されてしまう奴らなのだ。俺は仕事の終わりに店舗に顔を出すと、各店舗の店長たちをよく誘った。

「よし、今日はソープでも行こうぜ」

飲んで、女とヤッて、マリファナも吸う。仕事だけじゃなくて、遊びを通して親密さを深めていく。社員を大事にするには、ただ金をやるだけではダメだ。よい人間関係を築くことも大事だ。社会や組織という人間の集まりで重要なのは人間関係だからだ。

逆に言うと、人間関係さえうまくいっていれば、少々仕事がきつかろうと、給料が安かろうと、社員は社長の言うことを聞くものだ。だいたい会社を辞める奴らだって、嫌な上司に当たったとか、同僚にいじめられたとか、人間関係に疲れたとかいう理由で辞めていくんだから。

「心を失くせるかどうか」が違いを生む

交流することで、店長たちの人となりもわかってくる。

そうすると、なぜこの店は稼げて、この店は稼げないのだろうということが見えてきた。

「あの客、結構、かわいそうなんすよ。娘さんが障害抱えちゃってて……」

「でも、取り立てるのが俺たちの仕事だからよ」

いくつもの店舗を経営していると、当然店舗によって売り上げの差が出てくる。多少の差なら不思議でも何でもないが、数百万の売り上げの差が出ることもあった。

俺は、これが不思議でならなかった。同様の顧客情報を持っているのだから、条件はたいして変わらない。ノウハウも同じものを持っている。

なのに、なぜ、これだけの差が生まれてしまうのか。

そういうことも、店長たちと親しく付き合ってみてようやくわかってくるわけだ。

売り上げの差の理由はひとえに、取り立ての際、心を失くせるかどうかの違いだった。

売り上げのいい店舗には、しつこくて強引に取り立てられる社員がいた。当時はネタを食っている従業員もいて、彼らは「おら、払え、この野郎！」などと昼夜構わずイケイケで脅しをかける。客もそのうちノイローゼになる。そして、そんな取り立てから逃れるため、他からでも借りて払おうと考える。

そして、店長という立場になると、こうした手段を取ることを社員に対しても強いなければならない。

「事情がどうであれ、取り立てて来い！」

とハッパをかけなきゃいけないのだ。そう言える神経がないと、この仕事は務まらない。

しかし、これができない店長の場合、従業員たちもゆるんでしまって、ろくに回収もできないという事態に陥る。これが各店舗の売り上げの差に結びついてしまっていたのだ。

俺たちは慈善活動をしているわけじゃない。法に触れることをわかって闇金をやっているのだ。困った客に同情するんなら、もっとまともな職業に就けばいいってわけだ。

確かに、こんな仕事をしていると、まともな感性を持っている奴なら、心をすり減らしてしまう。精神的に参ってしまう奴まで出る。

だからこそ、俺は店長たちを誘い、飲みに連れていく。女を抱いて一発出せば、また明日から新たな気持ちで仕事ができるからだ。

「金」というものの限界を知る

そもそも俺が仲間を大事にするようになったのは、金というものの限界に気付いてしまったからだ。

闇金というのは、１００万円を貸しつけて、その一週間後には２００万円が返ってくるようなビジネスだ。それに仕事をすればするほど、「優良顧客」は増えていく。

金は貯まっていく一方だった。

使っても全く減らない。飲んだくれると言ってもたかが知れているし、カジノで大金を張って負けても、別にいいよって思ってしまう。金は腐るほどあるのだから。

闇金を設立した当初は、毎日顔を出して、朝から晩まで働いていたが、２店舗目以降は、自分が店にいなくても回っていくようになった。そのうち週に一度ぐらいしか会社に顔を出さなくなった。

会社というシステムは面白いもんで、ゼロから立ち上げるときが一番大変だとよく言われる。もちろん、その後も運営していくのは大変だ。

でも、俺はすでに闇金で成功している後輩からノウハウを教えてもらい、うまくいっているシステムをそのまま運用させてもらった。俺は俺でいろいろ学んでいたし、新しいアイデアも付け加えて、俺の闇金システムは他に類を見ない優良なものになっていたと思う。

俺も社員もみんなウィン・ウィンだったからだ。

そんな優良なシステムをいったん生み出してしまえば、あとは俺がいなくても、勝手に回ってくれるというのがいいところだ。

「今日は何するかなぁ？」

朝起きて歌舞伎町に行き、やることがないから麻雀屋に行って、サウナやカジノに行き、それで一回帰ってきて、また飲みに行って女を口説いてっていう生活を繰り返していた。

そんな生活を送りながらも、金は日々、増えていくのだ。

金は、ある程度まではリアリティーがある。1000万円の残高が記載されている通帳を見たら、あれをしたいこれをしたいとワクワクしてくる。ところが、ある一定のラインを超えてしまうと、それはただの印刷物になってしまう。

俺は以前、テーブルの上に3億円のキャッシュを積んで、一人ぼっちでマンションの部屋にいたことがある。

これだけの金があれば心が満たされるかと思いきや、全然そんなことはなかった。

「これって何だろう……」

寂しさが胸の中に広がっていった。

金はあるし、時間もある。欲しいものはだいたい金で買えるし、手に入れてきた。それでも俺の心は満たされなかった。何か日々の生活に充実したものを感じなかった。そりゃ、暇を持て余していれば、充実なんかするわけがない。俺はまだ20代で、元気な盛りのときだ。リタイヤしている場合じゃない。

「貯めることを目的にしちゃいけない」

「俺の人生には何が足りないんだろう……」

俺は本気で考えた。俺にとって楽しいことって何だろうかと。

高級レストランを貸し切りにしてメシを食うことだってできる。でも、仲間とカツカツの銭を出し合って、焼き肉を食ったほうがうまい。

好きな女とだったら、京葉線でディズニーランドに行っても楽しい。

そうか、金よりも仲間なのか……とそのとき俺は気づいたのだ。

思えば、俺が金貸しという仕事に惹かれていったのも、金を媒介として、人脈が大きく広がっていったからだ。金を持っていると、そこで普段付き合えない人と付き合えたり、知り合いともより親密になることができる。

金は、それ自体はただの紙切れでしかなかったのだ。

金を貯めることを目的にしちゃいけない。この金を使って何ができるのだろうと考えなきゃいけない。そうしないと、暇を持て余して、充実感のない人生を送ることになる。

この金を使って何ができるかと考えることで、俺の人生は豊かになっていって、俺の生き甲斐にもなってくれるのだ。

そこで俺は、より大きなビジネスに乗り出すことにした。人生の次のステップに足を踏み出したってわけだ。

金を必要としている社長連中に貸すようにしたのだ。風俗店の立ち上げだったり、ファンドや海外投資、洋服屋、出会い系サイトの運営など、金を求めている者たちはたくさんいた。闇金で築き上げた大量の資金を、事業家たちに俺は融資した。2万円から5万円というチンケな額ではない。

何千万円という額を、俺は夢見る社長連中につぎ込んでいくようになる。

俺はやっぱり金貸しだった。でも、闇金ではなくて、より大きな金貸しになることにしたのだ。

店長がパクられ俺のところにも警察が…

傍から見れば、20代で億という大金を手にして、俺の人生は順風満帆に思えたかもしれないが、決してそんなことはなかった。けっこうヤバい事態には何度か直面している。

闇金をやっているときには何度も警察に目をつけられた。最初に警察に踏み込まれたのが、経営を始めてから4カ月ほど経った頃だった。罪名は出資法違反だった。要するに、高い利息をつけたことがアウトだったわけだ。

北新宿の店舗は2階にあったのだが、警察は外から脚立で上がり、窓から入ってきた。玄関から入ってこなかったのは、証拠隠滅を防ぐためだ。

「動くな！」

声が響き渡り、従業員の1人がなぎ倒された。警察は全部で5人いた。殺人者を捕まえるぐらいの勢いだった。

警察はやるときはやるというか、暇を持て余す消防士みたいなもんで、活躍できると思うと張り切ってついついやりすぎるんだろう。たかが闇金の出資法違反に全力で臨んでくるなんて、まったくもって馬鹿みたいだ。

そのとき、俺は家にいたため逮捕されなかったが、のちに警察に呼ばれる。

「遊びに行っていただけでよく知らない」

などと言って、すっとぼけたものだ。店長も約束通り、俺の名はうたわなかった。

普段から飲みに連れて行ったりしていたから、店長もそこは恩義に感じてくれていたのだろう。やっぱり、経営者たるもの従業員を大事にしなければならない。特にこういう裏稼業をやっているのであれば、いつ足をすくわれるかわからない。

警察は通帳とか電話とか、その辺りに置いてある資料などを全て持っていった。

ちなみに、事務所ではパソコンは一切使用していない。当時は、名簿も全て印字されていた紙のものを購入していた。

俺は実質的な経営者ではあったが、雇用契約書などを作成していたわけじゃなく、口約束で会社は成り立っていたから、俺が経営者であることを示す証拠は何もないわけだ。もちろん、警察は踏み込むまでに内偵をしていて、俺のことは調べ上げている。俺が経営者だってこともちゃんとわかっている。それでも、物的な証拠が何もないし、店長や従業員が何もしゃべらないんであれば、俺を引っ張ることは出来なかった。そこは法治国家で、俺は法律に守られていたわけだ。

店長は20日間拘束された後、50万円の罰金を支払い、釈放された。執行猶予になってしまったため、もう同じ仕事はできず、そこで彼には辞めてもらい、別の店長を頭に据えることになる。それでも、元店長は数百万円は儲けたはずで、わりのいい仕事だったはずだ。

2度目の摘発に意気込む警察「藤井をやる！」

そして2度目の摘発は、闇金を始めて2年ほどが経って、5店舗の経営が軌道に乗っていたときのことだった。

今度はなんと、1店舗につき、30人から50人ぐらいの大規模捜査だ。

警察は皆、防弾チョッキを身につけていた。北新宿の店舗に誰かがBB弾を撃ち込んだことがあったため、拳銃を持っている可能性もあると警戒していたようだ。それに確かに俺は当時、12丁の拳銃を知り合いのところに隠し持っていたりした。そんな噂も聞きつけていたのかもしれない。

「藤井をやる!」

警察はそう意気込んでいた。その5店舗が系列店で、俺が統括していることも掴んでいて、出資法だけにとどまらず、公文書偽造やら詐欺やら、何でも出してやろうと考えていた。警察がそれくらい本腰を入れるほど、当時の俺は歌舞伎町という街でよくも悪くも目立ち始めていた。

5店舗の店長がパクられ、俺も新宿署に行って聴取を受けた。

「来るべき奴が来たなあ」

取り調べの警官は俺を見た時、ニヤリと笑って言った。

当時、闇金なんかいくらでもあったのに、なんで、俺のところに来るのだろうか。

俺はそう不満に思ったのだが、おそらく、それだけ目立ってしまっていたのだろう。歌舞伎町で派手に飲んでいて、不良界隈でも俺の名前は通っていた。

でも、このときもやっぱり、店長たちは俺のことをうたわず、お陰で逮捕されることもなかった。

そして罪状も出資法違反。それに1人、マリファナやエクスタシーをやっている奴がいたので、薬物で逮捕された者がいただけだった。

その後、闇金は3店舗ほど再開したが、だいぶ売り上げは下がった。金は手に入れたが、より充実した人生を生きるために、俺はより大きな「金貸し」になるため、舵を切っていったのだ。

闇金時代、月に1回は行っていた社員旅行でのショット。当時の「番人」たちと。末端の子たちの社員旅行とは違い、飛行機で行き高級ホテルに泊まるなど差別化していた

「闇金とは何か？」

文責／井川楊枝

五菱会の闇金システム

数ある闇金グループの中で最も有名だったのが、五菱会だ。五菱会は静岡に本部を構える、山口組の直系組織のひとつ。そんな代紋をバックに、東京を中心とした関東圏に進出し、闇金ビジネスによって莫大な資金力を得ていた組織が五菱会である。

トップに立っていたのがT・Yで、その下に「闇金の帝王」と呼ばれるK・Sという男がいた。K・Sの下には「七人衆」と呼ばれる者たちがおり、その下にはさらに最大27グループのグループ長が付いていたという。さらにグルー

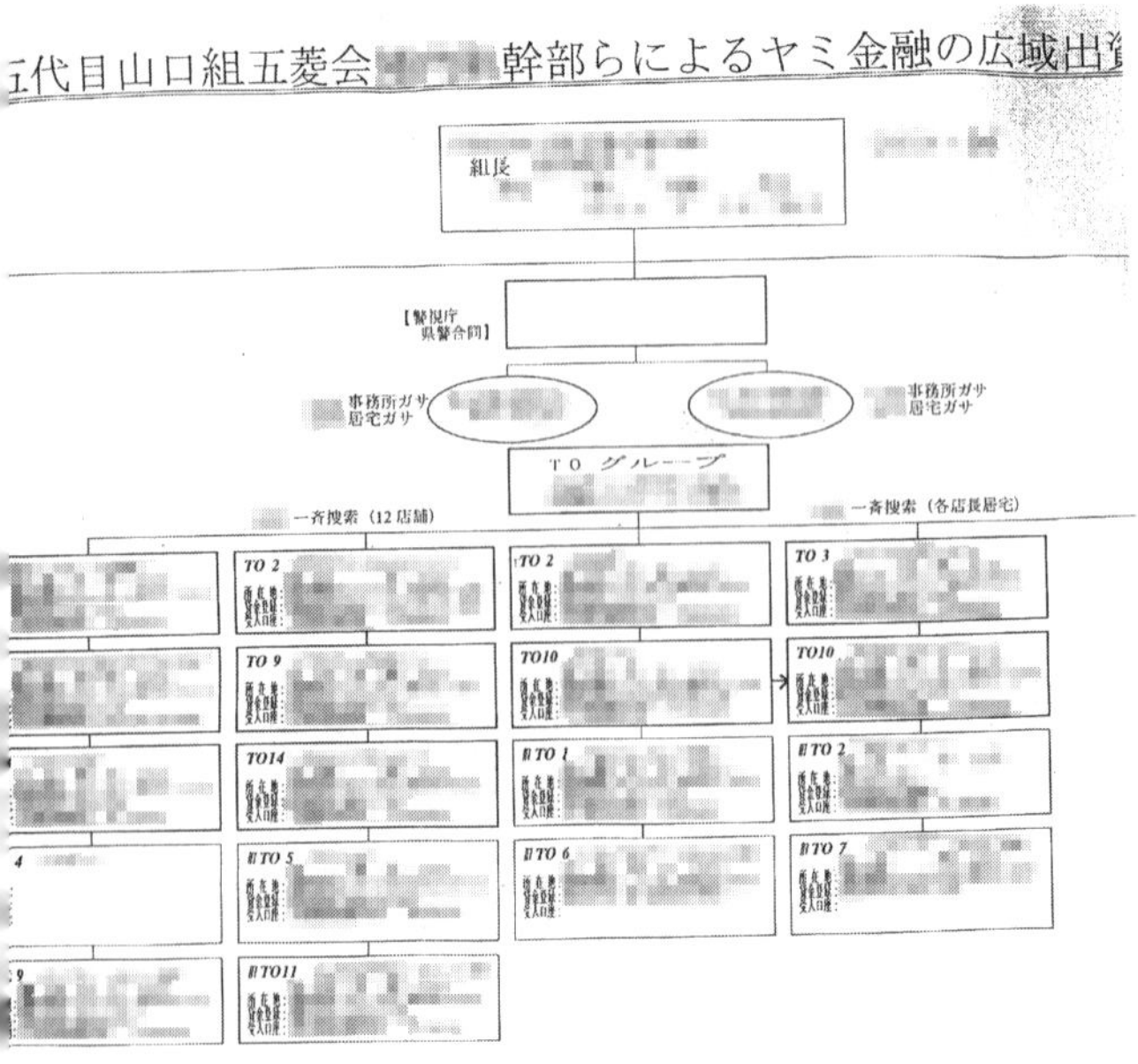

プ長たちの下には、述べ1000店舗にもなる店が存在し、それぞれに店長がいるという空前絶後の犯罪組織だった。

店舗の名前はそれぞれ異なっているため、傍から見れば、それが同じ五菱会系の組織だとはわからない。しかし実際には密に連携が取られていた。

情報は複数の店舗を統括する「センター」によって管理され、共有されていた。顧客の返済期限が近づくと、別の支店が新たな融資を持ちかけ、客の借金を一気に大きく膨らませていく。こうした手法により、五菱会の顧客数は4万人以上にも達していたという。

このように、全く別名義の店舗が情報を共有してお金を取り立てていく仕組みは、本書で記載されている藤井学氏の闇金グループの手法と変わりない。

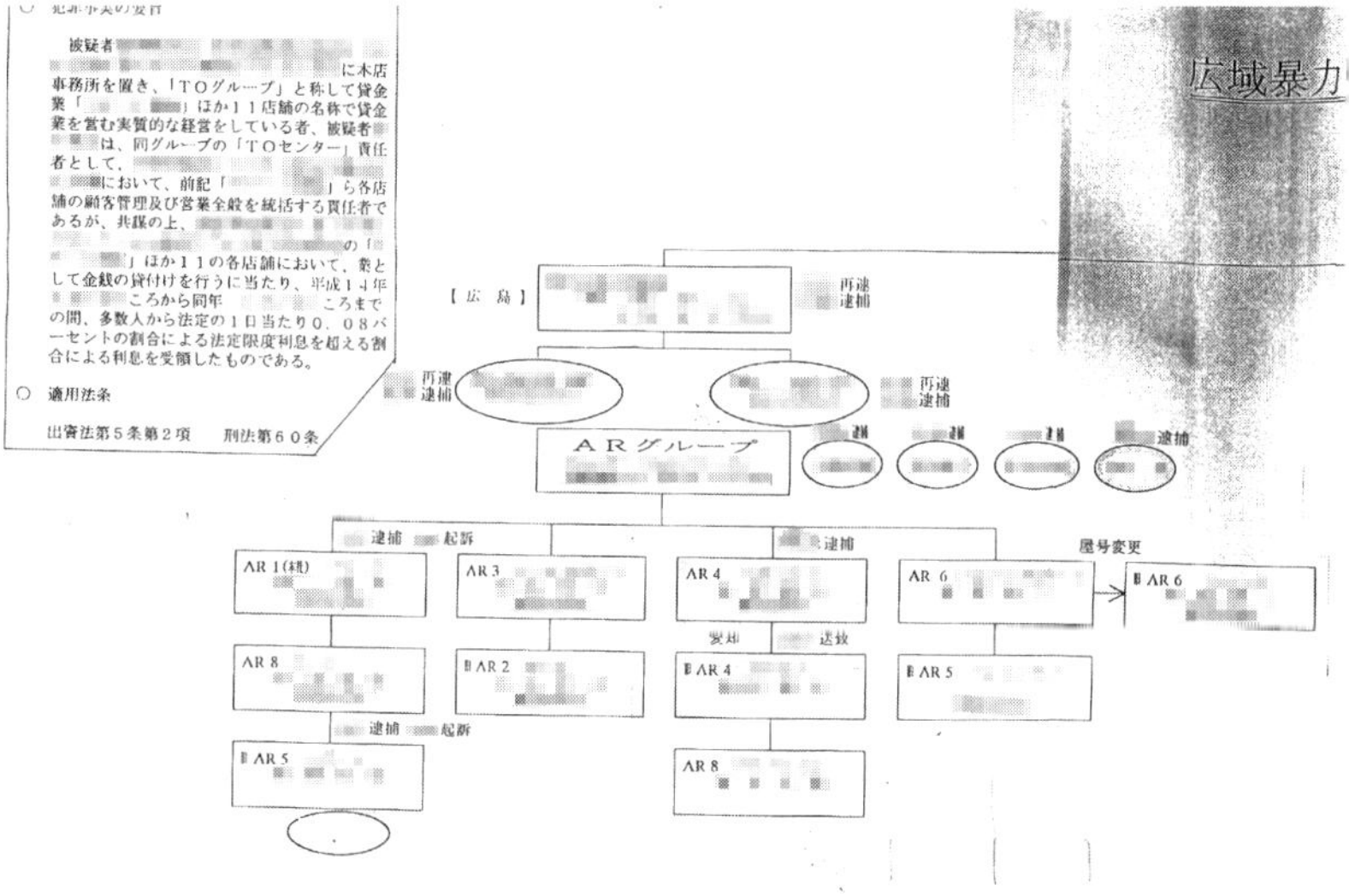
○ 犯罪事実の要旨

被疑者[redacted]に本店事務所を置き、「TOグループ」と称して貸金業「[redacted]」ほか11店舗の名称で貸金業を営む実質的な経営をしている者、被疑者[redacted]は、同グループの「TOセンター」責任者として、[redacted]において、前記「[redacted]」ら各店舗の顧客管理及び営業全般を統括する責任者であるが、共謀の上、[redacted]の「[redacted]」ほか11の各店舗において、業として金銭の貸付けを行うに当たり、平成14年[redacted]ころから同年[redacted]ころまでの間、多数人から法定の1日当たり0．08パーセントの割合による法定限度利息を超える割合による利息を受領したものである。

○ 適用法条

出資法第5条第2項　刑法第60条

当時、警察が作成した山口組五菱会による闇金事件の捜査資料。ピラミッド状に複数の店舗が展開されていることが窺える五菱会のナンバー2で「闇金の帝王」ことK・Sは、業界内では「K」と呼ばれていた。渋谷の高層マンションや新宿の豪邸に住み、愛想が良く、紳士的な人物という評判だった。金を持つK・Sの周りには芸能人も集まっていて、K・Sもファンだったことから、Vシネマ役者には金銭的な援助もしていたようだ。

そんな闇金事情が変わってきたのが、2002年頃。警視庁と広島県警が、五菱会を捜索したのだ。翌年1月には合同捜査本部が設置され、五菱会側は資産隠匿のため、海外に資産を移した。

このときK・Sが資金を移したのが、スイスのプライベートバンク（PB）だった。その額は51億円にもなる。また、K・Sのグループの中には、数十億円を香港の口座に預け入れる者もいた。海外のPBに預ける際、K・Sは「割引金融債」（割債）で移していた。当時は、購入時に身分証明がいらなかったため、これは無記名債権と呼ばれ、マネーロンダリングによく使用されていた手法だ。

しかし日本の警察の捜査がスイスにも伝わり、スイス銀行は、51億円を凍結。その後、残りの半分を返還し、残りの半分がスイスの国庫に入ることになった。

闇金の衰退

五菱会が摘発されて以降、闇金に対する警察の取り締まりは厳しくなっていった。それまでの闇金の事案は民事不介入だったが、警察は積極的に介入してくるようになる。

また、2007年の改正貸金業法によって、業界は様変わりしていく。闇金の刑事罰が従前の「5年以下の懲役又は1000万円以下の罰金又はその併科」から「10年以下の懲役又は3000万円以下の罰金又はその併科」(貸金3条1項、同47条1項)に引き上げられ、恐喝罪と同等以上の罪となったのだ。

利用口座が凍結されることもあって、こうなると、もはや闇金の旨みというのがほとんどなくなった。次第に借りる側も知恵を付けていき、闇金には返済しない者も増えていった。

なお、『闇金ウシジマくん』(小学館)という人気漫画があるが、この漫画の時代背景は、2018年の今ではない。現在はこれほどまで堂々と店を構えることはできないし、あそこまで脅しをかけていたらすぐに逮捕されてしまう。

闇金の衰退後は「ソフト闇金」と言って、紳士的な態度で客と接待する闇金が増えた。もっとも、「ソフト」とは言いながらも、あくまでも闇金なので、法定利息は大きく超えている。

闇金に類似する金融

また、闇金に類似する金融としては「システム金融」が存在している。これは中小企業の社長がターゲットである。

例えば、100万円の金を借りたい社長がいたとしたら、担保として50万円の小切手を3枚要求する。翌月末に100万円。45日後に150万円を返済してもらう。すると、50万円の儲けになる。

しかし、会社はそう簡単に50万円の利息など払えない。そこで今度は、別の業者が、お金を貸そうと声をかけてくる。これはおおむね最初の業者とグルか、同じ業者で名前を変えているといったパターンだ。闇金の場合、グループ会社がこぞって同じターゲットに金を貸していたが、システム金融においては、それと同じことを企業に対して行っているのである。

こういう金の貸し方をしていると、いずれ相手は潰れてしまう。つまり、ババ抜きみたいなもので、最後に誰かがババを引く。しかし、同じ会社の系列で貸しているのであれば、相手がパンクした時には貸した分以上の金は戻ってきている。

また、闇金をやっていた者の多くが、架空請求詐欺などに流れていったのもよく知られていることだ。そのピラミッド型の組織作りや、名簿を利用して電話をかけることなど、双方には共通点が多い。

しかし、今や詐欺に対しては、闇金以上に厳しい判決が下されている。交通事故などを装い39人から計約1億4600万円を騙しとるなどした振り込め詐欺グループの主犯格には2010年、懲役20年（求刑懲役23年）の実刑判決が言い渡された。

また、計14人から合計1億3750万円のお金を騙しとった詐欺グループの主犯格には2016年、懲役13年の実刑判決が下されている。

架空請求詐欺は、社会的な注目度が高いこともあり、非常にリスクの高い裏仕事となっている。

第二章

「不良時代」

KABUKI-CHO UNDERWORLD

昭和51年世代、チーマー勃興期

俺が闇金の世界で成功できたのは、不良として生きていたことがもちろんあると思う。それも、ハンパじゃない不良として——。

思えば、昔からやってきた悪さが、のちのビジネスをやる上でのアイデアだったり、度胸だったり、人脈だったりと、全てにおいて役に立っている。

俺は昭和51年に生まれている。

俺が高校生だった頃は、地元には暴走族がまだまだ根付いていて、渋谷にはチーマーと呼ばれる新しいタイプの不良たちがたむろっていた。そして昨今、話題となる数々の事件を起こした関東連合の主力世代が、俺の2つ年下にいた。地元が同じということもあって、俺も彼らとは少なからず関わりがあった。

そして歌舞伎町に行けば、そこら中にヤクザがそれらしい恰好で、うようよと肩で風を切って歩いていた。

俺は正式な暴力団組織に入っているわけではなかったが、19歳の頃からヤクザの偉い会長が立ち上げた右翼組織に入っていたので、はた目には、暴力団員だと思われていたかもしれない。

今よりもずっと不良世界がホットな時代にあって、俺はそんな中でメインストリームとまでは言わないまでも、そこに近いところで生きてきた。

当時、闇金業界には、そんな俺と同世代の不良たちが流れ込んでいた。

大好きだったじいちゃんの教え

生い立ちから、ざっと振り返ってみたい。

2人兄弟の次男として、俺は東京の高円寺駅からほど近い一軒家で生まれた。藤井家は、俺のじいちゃんの代のときに一財産を築いた。

じいちゃんは8人兄弟の末っ子で、静岡の田舎の貧乏な家庭で育った。ある日、浜名湖に出かけたとき、阿弥陀如来の木像が流れてきて、それを手に取った。そのとき、じいちゃんはお告げでも悟ったかのような衝撃を受けたのだという。

その木像を手に携えて上京するや、事業家として成功を収め、エドウインのジーパン工場を作ったり、ビルを何棟も建てて不動産を所有した。会社には500人ぐらいの従業員がいた。

その交友範囲も広くて、ポニーに乗りながら天皇陛下と一緒に写っている写真があったり、中野区の自宅には昨年亡くなられた住吉会の西口茂男総裁が訪れたりもしていた。西口総裁の車を預かったりもしていたみたいだ。

じいちゃんは清濁併せのむタイプだった。それは、じいちゃんの人としての度量の大きさを示していた。俺は、そんなじいちゃんのことが大好きだった。

じいちゃんの誕生日になると、親戚一同が集まって食事をした。大人たちは二十四金のグラスでビールを飲み、ガキだった俺も、このときばかりは酒を飲ませてもらった。

「何でもいいから一番になれ！」

じいちゃんは俺たち子供相手にそう言い聞かせた。

俺には3つ年上の兄貴がいるけれど、兄貴はその言葉を実現した。19歳のとき、全国から何千人と出場する麻雀大会で優勝したのだ。いくつもの雑誌に受賞の様子が掲載されたものの、俺の母親は「こんなことで有名になってどうするの!?」と怒った。

でも、じいちゃんは言った。

「いいんですよ。悪くても良くても日本一になればいいんだから」

そう言って母親をなだめて、兄貴の活躍を喜んでいた。

「おじさん」の影響もあって非行の道へ

俺には、親戚の中でもとりわけ仲良くしてもらった、おじさんがいた。でも、このおじさんというのが、とにかく親戚の中で評判が悪かった。クスリもやれば、多額の借金を抱え込んでいて、じいちゃんにも1億円以上の金を借りていた。

「あのおじさんとは付き合っちゃダメよ。刑務所にも入っていたし」

母親はそう注意してきたものだった。

ちなみに、じいちゃんは自分の成功の要因が、阿弥陀如来の木像にあると信じ込んでいた。だからこそ自宅の敷地内に小さな本堂を造り、阿弥陀如来を奉った。毎年10月16日になると、その本堂を開けて拝んだりしていた。

そんなじいちゃんは、俺が19歳のとき、84歳で亡くなった。俺が、自身の体に阿弥陀如来の刺青を彫ったのも、のちにブログをやるときに「歌舞伎町阿弥陀如来」と名乗ったのも、もちろんじいちゃんの影響だった。

ただ、俺は、そんなじいちゃんの教えである「一番になれ」という言葉を実現しようと思ったものの、何で一番になればいいのか分からなかった。

運動にはそこそこ自信があって、卓球は中野区でベスト8になった。サッカーや野球もやり、チームは全国大会にまで出場した。でも、それでトップを取れるほどの実力かというと、そこまででもない。

それに、そもそも性格的に協調性がなかったため、団体競技は俺の性に合わなかったのかもしれない。小学校の頃もろくに友達もできず、たいてい一人で行動していた。

そして、そんな俺からスポーツを一気に遠ざけたのが、非行だ。

小学校3年生ぐらいから既に煙草も吸い始めた。それにギターの弦でカウルをあげて配線を切ったりして、原チャリを盗んで走ってもいた。更に小学校4年生になると学校にも行かなくなり、ばあちゃんの金を盗んでは、ファンタジアという名のゲームセンターでゲームにふけったりした。

ヤクザのバイトをしていた中学時代

中学生になると、俺の非行具合は更に加速した。それは先輩の影響が強い。

俺は杉並区の高円寺に住んでいたが、中野区にある中学校に通っていた。俺の本籍が、中野にあるじいちゃんの家になっていたためだ。

その結果、高円寺と中野にまたがって交流があったのだが、双方の街ではまったくワルの質が異なっていた。

例えるなら、高円寺が「ヤクザ」ならば、中野が「不良」だ。

中野の先輩たちがボンタンを穿いてイキがっていたとき、高円寺の先輩たちは窃盗だったり、シンナーを売りさばいたりしていて、既にヤクザのシノギをやっていた。

俺の2コ上にY君とB君という、2人の怖い先輩がいた。2人は悪さばかりして教護院

（※児童自立支援施設）に入っていて、俺が中学に入った頃ぐらいに戻ってきた。

Y君は体重が80キロぐらいでガタイが良く、とにかく喧嘩っ早かった。例えば、道端でたむろしていて、その前をバイクが通りかかっただけで、

「てめぇ、誰だよ、この野郎！」

と因縁を付けて喧嘩してしまう。もちろん、相手はボコボコだ。

一方、B君はというと、スラッとしたクールな感じの外見なのだが、当時からナイフを持ち歩き、喧嘩となると躊躇なく刺していた。それに、相手の顔に煙草を押し付けたりと、平気でそういうことができる人だった。

俺はそんなY君やB君とゲーセンで出会い、地元の後輩ということでかわいがってもらっていた。

中学2年生にしてパチンコも打った経験があった。

16歳の時、修学旅行でハワイに行った時の俺

そして、その頃から裏仕事を始めるようになる。まずは、シンナーの売人だった。

「おまえ、1日2000円やるから来い」

そうB君に言われて、新宿へ向かった。

1日の売り上げが20万円、俺の取り分は…

当時、新宿では30カ所ぐらいでシンナーが売買されていた。警察は時々、一斉摘発をしていたけれども、普段は見て見ぬふりをしていた。その背後には当然、暴力団が関わっていて、警察と暴力団との間では暗黙の了解があったのだろう。警察にとって暴力団は生かさず殺さずが大事なのだ。

暴力団を全滅させてしまったら警察の仕事がなくなってしまう。それに、今よりずっと倫理観の低かった当時は、普通に暴力団から金をもらってお目こぼしをしていた警察官もいたはずだ。

中学2年生だった俺は、新宿駅の西口を出て、京王線の前の花壇に5本から10本ぐらいのシンナーの瓶を隠し、その前に立っていた。当時、シンナーは、〝薬局〟で購入した赤マムシの瓶に入れていた。

口のところに手を当てて吸っているふりをすると、興味のある奴がやってくる。背広を着ている、どう見ても真面目そうなサラリーマンも寄ってきて驚いたものだ。そして向こうも向こうで、俺が子供にしか見えないから驚いていた。

「おまえ、どう見ても中学生だよな」

俺は童顔だったから、14歳という年齢よりも更に若く見えたのだろう。でも、先輩から借りたスラックスと紫色のセーターを着て、精一杯悪ぶっていた。

「だから何だよ、文句あんのかよ?」

俺がそうすごめば、大人でもたいていの奴はおとなしくなった。

1日に10万円から20万円ぐらいの売り上げは出ていたけれど、俺の取り分は2000円だ。でも、怖い先輩に文句を言うこともできないし、ましてや、売り上げをちょろまかしたら、後でどんな仕置きをされるか分からない。だから、俺はそのバイトを粛々とこなしていた。

これが不良の縦社会というものだ。こうやって中学のうちから俺は、社会の仕組みについて学んでいったのだ。

周りはワルばっかりだったから、一般の社会よりずっと厳しかった。あれはいい勉強になったと思っている。

先輩たちはすぐ近くのロータリーにトヨタ・マークⅡを停め、シンナーを吸いながら俺を見張っていた。車内にはB君と、剃り込みの入ったパンチパーマのヤクザがいた。B君やY君は高校生にして、既にヤクザ組織に入って活動していたのだ。

ある日、明らかにクスリでラリっている様子の男がやってきて、よく分からないことを言ってきた。

「買わないんなら、あっち行けよ」

脅しても、ラリってる奴には効果はない。普通の判断ができないんだから当たり前だ。

そんなやり取りをしていると、車の中からその様子を見ていたB君は、俺が口論をしていると思ったのだろう。木の棒を携えて、こっちにやってきたかと思うや、その男の頭を思い切りその棒でぶっ叩いた。

男は頭を押さえてうずくまってしまった。

「おい、行くぞ!」

俺は呆気にとられながらB君と一緒に車まで走り、その場を逃げた。

B君は冷血というか、容赦がなかった。

「そこまでやるか?」

そう思ってしまうようなことを躊躇なくやってしまう先輩だった。

新宿の「のぞき部屋」で女を知る

不良生活を送っていれば、女を覚えるのも早い。

中学2年生にして先輩たちに誘われ、新宿の「のぞき部屋」に連れて行ってもらった。

「学、『のぞき部屋』って知ってるか?」

「なんすか、それ。何のぞくんすか? 穴が空いてて、そこからのぞいたりできるんすか?」

「ちげぇよ。まあ、来いよ。でも、おまえ、射精できんのか？」

「え、それ出せないとまずいんすか？」

俺は怪しい言葉の響きに興奮を覚え、先輩と一緒にネオンの輝く歌舞伎町を歩いた。

店に入ると、明らかに中学生ぐらいの俺を見て、店長は不審げな顔をしている。でも、少年ヤクザの先輩たちが無理やり押し切ってしまう。

狭い一室に入ると、前方が窓ガラスになっている。そうか、こうやって向こうの一室をのぞくから「のぞき部屋」なのか。

音楽が鳴り始めた。

すると、20代半ばぐらいの女の子が現れ、くねくねと体を動かし始めた。

踊りながら服を脱いでいく。

俺は唾を飲みこんだ。

女の子は、全裸になって四つん這いになったり、股を開いたりして、オナニーのように股間に手を押し当ててエロいポーズをきめていた。

こいつはヤバい……。俺の体が反応しだした。

大人の女の体をこうやってマジマジと見ることなんて、もちろん初めてだった。18歳未満が入れるような店じゃないが、先輩たちの力添えもあって潜り込めたのだ。

また、当時は先輩たちに連れられ、よくとしまえんのプールへナンパしに行っていた。先輩たちは高校生だから、ナンパする相手は当然、女子高生になる。ナンパした子たちと付き合って、自分の家に連れ込んでセックスしたりもした。初めてのセックスは中学3年生のときだった。

このように挙げると、楽しい青春時代を送っていたように思われるかもしれない。しかし、厳しい縦社会だったので、先輩の命令は絶対だ。別に気持ちが乗らなくてもナンパには参加しなきゃいけない。

先輩たちは夜にバイクで俺の家にやってきて、ホーンを鳴らす。眠かろうが面倒くさかろうが、外に出なきゃいけない。当時はポケベルの時代だったので、よくそれで呼び出されたりもした。ほとんど使いっ走りだ。

また、ナンパのみならず、いい台を獲得するため、朝の8時ぐらいからパチンコ屋に並ばされることだってあった。

ここまで厳しい縦社会というのは、たぶん軍隊でもないいんじゃなかろうか。だいたい先輩のそのときの気まぐれに従わなくちゃならないなんてことはないだろう。

でも、どんな命令でも絶対服従の厳しい世界で多感な10代を過ごしたというのは、とても勉強になったと思う。俺はこのときに、しぶとく生きる力を養ったような気がする。

「（渋谷の）チーマーを狩ろうぜ！」

ちなみに、そんな俺が暮らしていた杉並区の高円寺という地域だが、不良事情にある程度詳しい人ならピンとくるところがあるかもしれない。

この街は、数年前にニュースなどでも話題になった、昭和53年世代以降の「関東連合」の中心メンバーの地元でもあった。

その世代のメンバーたちが、他の不良グループとも抗争をし、のちに大人になってからも社会を揺るがす事件を引き起こしていく。俺よりも2つ年下の世代だ。

そのグループのメンバーとなるMも、同じ地元ということもあって、よく一緒に行動していた仲間の一人だ。

「チーマーを狩ろうぜ!」

俺が16歳のときだ。Y君が地元の後輩たちを誘い、チーマーと喧嘩しに車で渋谷に向かった。そのときMは中学2年生だったが、同じ車に乗り、チーマー狩りのメンバーとなっていた。Mは髪をアイパーできめていた。一方の俺はサーファーチックに金髪で、髪を伸ばし、オールバックにしていた。

「おまえの髪型、決まってんじゃねぇか!」

俺が褒めてやると、Mは気恥ずかしげにうなずいていた。

当時、渋谷の街には「チーマー」と呼ばれる、それまでとは違った新しいタイプの不良たちがたむろし始めていた。

これまでの不良と言えば、暴走族だった。暴走族は地元の不良で集まって、縦社会で先輩の存在が絶対だった。硬派であることが求められ、髪型が地域によってはニグロやパンチパーマ、リーゼントと決まっていたりする。

一方、チーマーはと言うと、アメリカのストリートギャングのスタイルで、革ジャン、ジーンズを着込んで、足元はエンジニアブーツなどで決めるのが定番だった。

上下関係もさほど厳しくはなく、おおむね〝横の繋がり〟が強い。色んな地域から渋谷に集まっていたので、地元意識なんかもない。

当時は、「宇田川警備隊」や「ブットバス」……など、たくさんのチームが誕生していた。のちに関東連合のメンバーたちがチーマー狩りに興じることになる。でも、それ以前からも、高円寺の先輩たちのように、渋谷のスカした奴らを狩ってやろうと考える不良たちは多かった。厳しい縦社会の掟の中で育った硬派な不良たちからすれば、アメリカ風のファッションを追いかけ、ちゃらちゃらしたガキどもは面白くない存在だったのだ。上下関係をはっきりさせてやらなくちゃいけない。

Y君に誘われて車で渋谷に乗り出した俺たちは、センター街や109の辺りを回っていった。渋谷の街中は、チーマーたちがたくさんいた。彼らはギャルたちをはべらせていたりした。

俺たちは、その中でも特に生意気そうなチーマーの集団の前で車を停めると、車から降りて電光石火の勢いで襲い掛かった。

「おらぁああ！」

Y君が先頭を切って殴りかかっていく。俺たちも続いた。

チーマーたちは8人ぐらいいたが、誰一人として抵抗してこなかった。当時のY君はどこからどう見てもヤクザだった。彼らは、同じ不良であっても、まるで住む世界が違うと感じたのではないだろうか。

「きゃー、やめてー！」

その場にいたギャルたちが叫んだ。

俺たちは女の子にそう言い、男ばかりを襲っていった。

「どいてていいよ」

チーマーは口ほどにもない奴らばかりだった。いきがっているくせに、喧嘩もできないのだから、狩られるのも仕方がない。

俺は思うんだが、やっぱり厳しい縦社会の中で生き抜かないと、人間は強くならないんじゃないか。チーマーはゆるい繋がりで、何の規則もなく、自由気ままにぬるい生き方をしているから、みんなから狩られたし、すぐに消えていったんだろう。

中学3年にして刑事と取調室でやり合う

悪さばかりやっていた高円寺の不良グループは、当然のように警察に目を付けられていた。中学生がヤクザの真似事をしているんだから当たり前だ。

俺が中学3年生ぐらいのとき、毎週、警察が調書を取りにやってきた。俺も含め、先輩たちは、杉並警察署に引っ張られた。

狭い取調室で、俺はテーブルを挟んで刑事と向かい合って座った。

「何で引っ張られたか、分かってんだろうな？」

30代の厳つい顔の刑事が、俺を真っ正面からにらみつけつつ言う。

俺も刑事と話すのはこれが初めてじゃない。張り合うようににらみ返して言った。

「何、俺もパクるの？」

「いや、おまえはパクらないけどよ。知ってることを言え」

俺はすでに十分に縦社会の厳しさを教え込まれていた。先輩や仲間を売るようなことをすれば、どうなるか分かっているし、裏切りは信義にもとるから、絶対にしゃべらないと決めていた。

「知らねぇもんは知らねぇよ」

「知らねぇわけねぇだろ！　知ってることを全部言え！」

刑事は圧力をかけてきたが、俺は絶対に口を割らなかった。

傷害や恐喝など、７件ぐらいが事件化していた。俺は小間使いくらいの役割しかしてなかったが、Ｂ君をはじめ、他の高円寺の先輩たちはもろに犯罪に手を染めていたので、みんな少年院に入ってしまい、一時期、高円寺の地元から一気に不良少年たちがいなくなったことがあった。

それくらい、当時の俺の周りの先輩や仲間たちは、粒揃いのワルばかりが集まっていたってことだ。警察も徹底してこいつらを潰しておかないと大変なことになると考えていたんだろう。警察はやるときはやるんだと、俺もさすがに驚かされたもんだ。

「2＋4」が分かれば入学できる高校へ

こんな感じで中学時代は悪さばっかりしていたが、そんな俺でも中卒じゃかっこつかないと感じたので、高校へは一応進学しようと思った。

俺は小学校4年生以来、学校から遠ざかり、中学校にもろくに通っていなかった。たまに行ったと思えば、学校でも学校外でも喧嘩ばかり。中学の後輩が他校の生徒にやられたという話を聞いたら、シンナーを吸いながらバイクに乗り、その仕返しに向かったりと、相変わらず無茶苦茶な日々を送っていた。

そうした俺がまともな高校に行けるとも思えなかったんで、「定時制に行くよ」と親には言っていた。しかし、親はそれでは許さず、「全日（制）に行け」と命令した。

そのうち俺の非行具合を見かね、「沖縄に行って更生してこい」などと言いだしてくる始末だった。知り合いも誰もいない田舎になど行きたくないし、だいたい面白そうでもない。

そんな中、俺の兄貴が教えてくれたのが、足し算の「2＋4」ぐらいができたら入学できる都内の高校だった。

「そんな高校がこの世に存在するのか？」

そう笑うかもしれないが、実際にその高校は存在した。まあ、東京都内の落ちこぼれを救済するような高校だ。

小学校から不良をやり始めた連中の中には、かけ算もろくにできない奴がいる。英語だって「ＤＯＧ」の意味さえ分からない。基礎中の基礎でも、教えられなきゃ分からないもんだ。

そんな連中が集まるような場所だから、要するに、東京各地から不良がやってくるような高校だった。

とはいえ、地元ではもはや不良という枠を越えて、半ばヤクザに足を突っ込んでいる高円寺の先輩の下で悪さばかりしていた俺だったから、そいつらと群れることもしない。俺からすればそいつらは子供じみて感じられた。

高校の不良の先輩たちに声をかけられても、「俺は俺なんで」とまったく相手にしなかった。もともと協調性などなかったし、俺はやりたいようにやるだけだった。先輩たちからすれば、憎たらしい奴だったことだろう。そんな俺は、たとえ先輩でも、理不尽なことを言ってきたら容赦なく締めた。

「おまえ、ウソじゃん。ころころ言ってること変わってんじゃねぇか。納得させるように話してみろよ」

俺は先輩の前でも啖呵を切って追い詰めた。そうすると、その先輩は立場が悪くなって学校に来なくなってしまう。

身体ばかりは大人で頭の中身が小学生並みの奴らが多かったから、俺が理詰めで問いただせば、奴らは何も言い返せなかった。まあ、半分は脅しつけてやったんだけどな。

ど底辺の高校で出会った生涯の親友

そんな中、入学式を終えてから半年ほど経った高校1年生の10月ごろのこと。

「少年院から出てくる奴がクラスに入ってくる!」

そんな噂が流れた。中学生のときに暴れまくっていた危ない奴だという評判だった。ワルの吹きだまりの中で噂になるくらいだから、相当とんでもない奴なんだろう、と俺も興味を引かれた。なんでも、練馬の地元にある武闘派の暴走族集団「最古利伊達（モッコリーズ）」に入っていて、そこでも頭角を現していた奴だという。

その頃には、60人ぐらいのクラスの中で、俺は頭を張っていた。厳密には、リーダーと呼べるほど組織立ったグループは作っていなかったのだが、「俺が高円寺のマナブだよ」と周囲に言って恐れさせ、俺の上には誰も立たせなかったと言えばいいだろう。俺の前では偉そうな態度は誰にも取らせなかった。

だから、そいつが登校する日、俺は気を張って待ち構えていた。ふざけたことをやってきたら、締めてやらなきゃいけない。俺がぴりぴりしていたから、クラス中の奴らにも伝染して、みんな緊張した顔をしていた。

専門学校でのハワイ旅行で、同じ部屋の同級生と

しかし、俺はその男と会った瞬間、こいつとはうまくやっていけると思った。それは向こうも感じたようだった。

それが桜井義光だった。

義光は確かに不良だったが、やさしくて男気があり、仲間思いのいい奴だった。「弱きを助け、強きをくじく」という正義感のある男でもあった。

不良としての度量の大きさを、俺は感じたのだ。学校には数多くの不良がいたが、義光がその中でも群を抜く存在だということは、一目見ただけで感じ取ることができた。

俺も相当の数の不良たちを見てきたが、こんなことは俺が生まれてから初めてのことだった。

義光がこう言ってきた。

「藤井ちゃんがクラスの頭だって、すぐに分かったよ」

「なんで?」

「すぐに分かるよ。仲良くしようぜ」

俺たちはすぐに打ち解け合った。俺と義光が仲良く話すのを見て、クラスの中に生まれていた緊張が、一気に解けた。

俺もどうしてそんな気持ちになったのか、それも生まれて初めてのことだったが、義光がナンバーワンなら、俺はナンバー2でもいいと思った。

「何でもいいからナンバーワンになれ!」

じいちゃんからの教えを破るときが来た。ナンバーワンの道を譲ってもいいと思える男と出会えたことは、俺にとっても悔しい反面、それ以上に嬉しいことだった。それが本当の親友だってことだろう。やっぱり人生っていうのは、どんな奴と親しく付き合うかで、その充実度っていうものが決まるんだと俺は思う。

仲間と首都高を当時の愛車「バブ」で自由気ままに爆走中

「俺は俺」

俺は義光と学校以外でも交流するようになり、お互いの地元を行き来しだした。

練馬の不良仲間たちは、俺が義光の友達ということで、あたたかく受け入れてくれた。

練馬の不良たちはオシャレで、かっこいいシャツや、高いジーパンを穿いていた。俺も彼らと一緒に洋服を買いに行ったりして、一時期は行動を共にしていた。

彼らの多くは暴走族に入っていた。義光は中学の頃は「最古利伊達」の一員だったが、その後、「極龍会」という2人だけのグループに入った。その暴走族活動が忙しくなって、のちに高校も退学してしまう。

「わりぃな、今日は集会だから」

と、遊びに誘っても断られることがたびたびあった。

暴走族は、ヤクザの縦社会に近い。先輩の言うことは絶対で、そのままエスカレーター式にヤクザになる者も多かった。

「学、おまえは族に入らないのかよ?」

当時、俺はあちこちから暴走族に入らないかと声をかけられた。

義光が暴走族に入っているし、俺も興味がないわけでもなかったが、「俺は俺だ」という思いのほうが強かった。

学校でも社会でも何でもそうだが、組織の中の一人になってしまうと、自分というものが潰されるような気がして嫌だったのかもしれない。

義光とはもっと一緒に遊んだりしたかったし、正直、俺の心は揺れ動いたが、やっぱりそこは変えることができなかった。

ヤクザ社会や暴走族も同じだ。だから、強固な縦社会のグループに入るのには躊躇した。せいぜい自分の持っていたホンダVFRの単車を族車っぽく直管にして加工したり、たまに暴走族や走り屋の真似事をして街中を走ったりするぐらいだった。

どうも俺という男は、組織の一員になることができない人間らしい。それは協調性がないからというだけじゃなくて、俺の血の中には、じいちゃんの「何でもいいからナンバーワンになれ！」という教えが流れていたからだと思う。

組織の中にいたら、当たり前だがトップがナンバーワンなわけで、その一員はその他大勢なわけだ。俺はそれじゃ満足できなかったんだと思う。

ずっと学校でも頭を張ってきたわけだから、社会に出て行って誰かの下につくというのは、体質的に耐えられなかったのだ。

そんな俺でさえ、もしも義光と同じ地元だったら、きっと彼と同じチームで暴走族をやっていたと思う。俺にとってそれほど義光という男は格別な奴だった。

「カジノ」は割のいいシノギ

高校時代は高校時代で、また中学時代をさらに上回る大人の世界に足を踏み入れた。まあ、違法な世界に変わりはないんだが。

義光と遊べない間、暇を持て余していると、高円寺の先輩によく声をかけられた。

「学、いいシノギがあるんだ、ちょっとやってみないか？」

「危ないシノギじゃないんすか？」

「まあ、裏仕事だけどよ、いいカネになるから」

暇だし、やってみるかと思ってついていくと、それはカジノをターゲットにしたシノギだった。

もちろんカジノは違法だが、当時は、赤坂や六本木にはセブン・フォー・セブンやパリ、オスカーなどの裏カジノがあった。オスカーには芸能人も来ていた。内装は金色で塗装されていたり大理石だったりと、ゴージャスな雰囲気を醸し出していた。

初めて見る大人の世界に、俺はすっかり魅了されてしまった。しかも、これが不思議なほどカネになるシノギだった。

例えば、ここに俺ともう1人の高円寺の先輩で向かう。

2万円を支払うと、追加で2万円のチップをくれる。すると、合計で4万円になる。

俺と先輩のどちらかはプレイヤーをずっと張っていて、もう片方がバンカーを張る。すると、必ずどちらか一方はチップが残ることになる。

それを換金すると、コミッションは抜かれるものの、必ず儲かるという仕組みだった。

こうして3軒とか4軒とかカジノを回っていくと、10万円以上が余裕で貯まるのだ。絶対に損することのないギャンブルだった。

「何だ、これ!? ちょろいっすね?」

「だろ? おまえが高校生なのは黙ってろよ」

先輩はそう言って笑った。

カジノ、打ち子、ブローカー、マリファナ売買…

とはいえ、明らかに二十歳未満の少年が、同時に店に入ってきた者と一緒に組んで逆張りばかりしているのだから、怪しまれないわけがない。

そのうち、俺たちは「抜き抜き隊」などと名前を付けられ、要注意人物として写真も掲載されてしまった。その情報は各店舗を駆け巡り、出禁となってしまう。

「まあ、仕方ないよな。散々儲けたんだからいっかー!」

短い期間だったが、先輩も俺もたんまり儲けさせてもらったし、このカジノの体験は、俺に成功した大人の世界を垣間見せてくれた。店を訪れていたのは、キャバクラのオーナーや、不動産のオーナーなどの成功者ばかりだった。

一回の勝負で何百万円、1日で何億という金が飛び交っていた。

「すげぇなあ…。俺もいずれ、こんな野郎に負けないような成功者になってやろう！」

俺はそう決意した。

ちなみに裏カジノに関しては、その後も俺たちは、裏道を使ったシノギに挑戦している。ディーラーを店に入れ込み、半年ぐらい寝かせて店からの信用を付けさせる。そこでカードを自由にコントロールし、狙いの数字が出せるという状況まで持っていったところで、荒稼ぎに行ったのだ。これもまた絶対に負けることのないギャンブルだった。

この手の裏仕事を語り始めるとキリがない。パチンコの打ち子もよくやっていた。

例えば、店で働く者の中には、働きながらも自分のシノギが欲しいと考える者もいる。そういった奴が、台の中にロムを仕込む。そして、そいつから、どうやって攻略できるかというメモだけもらって、その台に張りつくのだ。

電波を飛ばして足を踏んでチャンネル数を合わせるのもあれば、そいつから渡された事細かな設定の通りに打つ方法など、やり方は様々だった。1万5000円ぐらいで打ち子を雇っても、戻りが5万円以上あったので、相当儲かった。

それ以外にも車のブローカーをやってみたり、マリファナの売買にも手を染めた。ギャングのように相手を引っぱたいて金を取ったこともあった。

金になることはいくらでもやっていた。裏の世界にいた俺は、手に入れようと思えば、金はいつでも手に入ったのだ。

尊敬する阿久津組長との出会い

当時、俺は親父の仕事を手伝っていたけれども、二十歳そこそこの頃にはセルシオに乗って、金のネックレスを身に付けていたのだから、親も「こいつはまともじゃない」と思っていたことだろう。

俺が19歳の頃だったか、例のおじさんに連れられ、歌舞伎町のクラブに行ったことがある。

「学、おまえも大人になったし、クラブ行くか?」

「おじさん、俺まだ19だよ」

「まあ、かたいこと言うなよ。俺が行きつけのクラブで顔も利くから、まったく問題ない」

藤井家の親族から白い目で見られている、あのおじさんだ。

当時、おじさんは歌舞伎町でキャバクラなどの店舗を経営していて、派手に遊んでいた。甥も大きくなったことだし、そろそろ大人の世界でも見せてやろうという思いから、俺を誘ってくれたのだろう。

その店はコマ劇場（当時）に入っていた、歌舞伎町一番の大箱で、ゴージャスな装いでも知られる「クラブハイツ」だった。

「学、どうだ?」

俺は感嘆した。店には300人ぐらいの女の子が在籍。生バンドにより音楽が奏でられ、政財界の大物からヤクザに至るまで、様々な人々が寄り集まっていた。初めて裏カジノに入ったときもそうだったが、これが大人の世界なんだなと圧倒されたものだった。

このとき、おじさんに、歌舞伎町でも有名な任侠として知られている阿久津雄治組長を紹介してもらった。おじさんが「甥っ子がいるから」と言うと、阿久津組長がそこに現れたのだ。

もともと、藤井家と阿久津家には付き合いがあった。俺の親父と、東京安田会三代目の弟が同じ大学に通い、同じ職場でも働いていたのだ。そういうこともあって、俺の親父やおじさんは、年下の雄治さんをかわいがっていたのだ。

俺は目の前に現れた人に圧倒された。とにかくごつい体格で、鷹の絵が描かれたセーターを着こみ、スラックスを履いている。髪の毛を七三にぴっちりと分けていて、オーラがあった。手を見ると、両方の指先のうち小指がなかった。

名刺を手渡されたが、そこには「阿久津雄組組長」と記されていた。東京の裏社会では誰もが知るカリスマ組長が俺の前にいたのだ。人気極道漫画の『代紋 TAKE2』（講談社）の主人公の名前が阿久津丈二で、この阿久津組長がモデルになっているのではないかとも言われている。

「へえ、親父の仕事を手伝っているのか、真面目にやっているか？」

「はい、やっています」

俺は緊張しながら答えていた。

阿久津組長は、いくら笑っていても目が笑っていなかった。数々の修羅場をくぐってきたヤクザなのだと思った。

その後、俺は23歳ぐらいから、阿久津組長としょっちゅうご一緒するようになる。

「学、野球やるから来いよ」

「飲みに行こうぜ」

そんな感じで、気軽に誘ってくれたのだ。

喧嘩の場面に出くわすこともあった。

そんなとき、主導権を握るのは、常に阿久津組長だった。威圧力と交渉力、そして会話の間。それが絶妙で、いつの間にか相手は阿久津組長のペースに巻き込まれてしまうのだ。

阿久津組長の周りには、ヤクザの若い衆もいれば、企業舎弟みたいな人もいて、ほかに金融屋だったり、夜の世界の人や飲み仲間など、たくさんの人がいた。人気があったので、たくさんの人が寄り集まっていた。

俺もいつの間にか、阿久津ファミリーの一員のようになり、阿久津組長のことを「兄貴」と呼ぶようになった。

本物の「任侠の世界」を知る

阿久津組長のことを語ればキリがない。

やはり東京で名の知れたヤクザで、しかも新宿というヤクザ激戦区で名を張っていることもあって、普段は見られないような光景を垣間見ることもたびたびあった。

当時はヤクザがイケイケの時代だ。

「弾いてこい！」

「さらってこい！」

そんなセリフが普通に飛び交っていた。

俺は目の前で指を落とす瞬間を見たこともあるし、ピストルを持ってくる奴もいた。

こんなこともあった。阿久津組長と一緒に飲んでいたときのことだ。違う組織同士でちょっとした言葉の掛け合いとなり、一方が灰皿で頭をかち割って半殺しにしてしまった。

そんなとき、阿久津組長は「やれやれ」といった呆れた感じで、全く動じずに冷静沈着だった。しかし、俺からしてみると、頭から血が出ていて、明らかにヤバい。

「もうヤバいです！　死んじゃいますよ！」

あわてて俺は暴力を振るう人を止めた。俺は救急車を呼び、そのあと、死んでいないかどうか気になり、急いで病院まで確認しに行ったものだった。

さらに、阿久津組長との思い出で言うと、やはり忘れられないのは「お酉さん」、つまり酉の市での出来事だ。

毎年11月、新宿の花園神社で行われる酉の市は、その年によって変わるが一の酉、二の酉、三の酉とあり、俺は毎年、どれも出て、阿久津組長の店を手伝った。花園神社の酉の市に行ったことのある人は分かるだろうが、たくさんの屋台が並び、威勢のいいお兄さんたちが名物の熊手や、食べ物や飲み物なんかを売っている。出店を仕切っているのはヤクザだったし、新宿界隈のヤクザたちもいっぱいやってきては、酒を酌み交わしていた。ヤクザは祭事が大好きなのだ。

阿久津組長に最初に呼ばれた19歳ぐらいの頃は、「酒を作れ」とか「あれやれ、これやれ」と命令されて、「はい、はい！」と応えてはこまごまと手伝っていた。しかし、それが24歳ぐらいになると、阿久津の兄貴からは「そこでゆっくり飲んでろ」と言われ、ただ座ってその場で飲むだけになった。

酉の市は、言ってみれば義理場みたいなもので、そこに多くの人たちが挨拶に訪れてくる。やはりアウトローばかりが集まってきて酒を飲むわけだから、「てめぇ、この野郎！」といきなり喧嘩になることもある。すると阿久津組長が間に入り、「酔ってないときにやりましょう」とその場を抑えてしまう。

夜から明け方、更に朝6時ぐらいまで延々と店を出してやっていたのは、阿久津組長のところぐらいだった。

その酉の市では、こんな出来事があった。

阿久津組長と「兄弟分になる」という人が現れ、そのとき、組長は自分の腕をナイフでピッと切った。そして相手も自身の手を切って、お互いの血を酒の入った盃に垂らした。

「今日から兄弟分で、よろしくお願いします」

2人はその盃を呑んだ。

酉の市には、今も毎年足を運んでいる。これはつい最近、仲間たちと

俺がおしぼりを持っていったら、「触るな！」と言われた。

「俺C型だから、うつるから」

「分かりました」

俺は引き下がった。

まさに血の交わし合いだ。これが任侠の世界なのだと思った。

「おまえはカタギでやっていけ」

本当のヤクザは命を張っている。よく勘違いしている奴がいるけど、ヤクザは学校で落ちこぼれた連中がなるんだと思われている節がある。

俺から言わせてもらえば、勘違いもいいところだ。その辺の会社員にヤクザなんか務まらない。それはそれは厳しい社会で、人と人との繋がりの濃さが違う。

だって、どこの会社に今日一日命かけて生きている会社員がいる？　いないだろ。

C型肝炎がうつる覚悟で血の盃を交わすか？　そこまで深い絆を結ぶ会社がどこにある？

どこの世界でも同じだろうが、ヤクザの世界もピラミッドになっていて、上に行けば行くほど、人間としての器もデカくなる。阿久津組長みたいな器のデカい人間は一般の社会にはいないし、いられないと思う。

俺は人として阿久津組長を尊敬していたから、呼ばれればすぐに馳せ参じたし、言われたことにはみんな「はい」と言って答えた。俺も組織の一員として生きるのは嫌だったから、いつかは阿久津組長みたいな器のデカい人になりたいと憧れていた。

傍から見ると、俺は阿久津組長の舎弟のようだったかもしれないが、俺はあくまでもカタギとして組長と接していた。

組長は俺にヤクザをやれとは言わなかった。

「おまえはカタギでやっていけよ」

と言われ、俺も「分かりました」と答えていた。

阿久津組長は人情の人でもあったんだと思う。親父やおじさんと家族のように付き合っていたこともあって、俺のこともかわいがってくれた。だから、ヤクザの世界に俺を入れてはいけないと思ったんじゃないか。

何だかんだ言って、ヤクザになれば、世間から白い目で見られることになる。器があろうがなかろうがそれは関係ない。だから、阿久津組長は俺をヤクザにしてはいけないと思ったのか……。

ただ、ヤクザなのかカタギなのか分からない「半グレ」――それが俺だったのかもしれない。

右翼団体「東方青年連盟」に加入

ちょっと時間が遡るが、俺が所属した組織のことを書いておきたい。

義光と再び会ってつるむようになったのは、高校を卒業してから1年ぐらい経った頃だった。

義光は高校時代に暴走族活動に専念したこともあって、逮捕されて少年院に入り、娑婆に戻ってきたのだ。義光は再び高円寺の俺のグループに入って、一緒に遊ぶようになった。

その頃、俺の兄貴が、歌舞伎町の区役所通りを拠点とする暴力団の親分が総裁を務める右翼団体「東方青年連盟」に入った。兄貴は義光をはじめ、高円寺の仲間であるY君たちにも入会を勧め、軒並み入れてしまった。

「学も一緒にやろうぜ」

「俺はいいいっすよ。右翼って、俺、よくわからないし」

「いいんだよ、わからなくてもさ。とりあえず一回、会議に来いよ」

ここまで周りがみんな入ってしまうと、俺も断ることができなかった。

歌舞伎町のルノアールに入ると、30人から40人ぐらいの強面の人たちが集まっていた。そんな中に、19歳のガキが誘い込まれてしまったのだ。

「今日これから同志になる藤井学くんだ。拍手」

俺はみんなの前で挨拶した。

右翼団体の義理での一枚。25～26歳の頃

団体のメンバーはほぼ全員、暴力団員だったから、見た目はみんなヤクザにしか見えない。しかし一応、この団体はあくまでも右翼だった。

右翼団体の中には、右翼とは何かも知らずに加入している奴もいる。暴力団と一緒だが、右翼だと政治団体なので、何かと好都合に暴れられるからだ。街宣活動なんか憂さ晴らしみたいなもんだろう。

しかし、俺の兄貴が入っていた東方青年連盟はそれとは違って、けっこう真面目な団体だった。

街宣活動まではしなかったものの、困った人たちの面倒を見たり、勉強会をやったり、寄り合いに出ておのおのの役割分担をこなした。会費は1カ月で5000円程度だった。みんなで集まってシノギを立てるんじゃなく、自分たちの方からカネを出すってところがまともだ。それなりの志がなくちゃできない。

俺はピアスを付けて、肌を真っ黒に焼いて、勉強会や義理事などに出席していたが、そんなとき総裁からは「ピアスを外せ」と注意を受けたりした。

勉強会では議題が出て、「自分で勉強しろ」と言われた。でも、俺は右翼やら左翼やら言われても全く興味がない。自分が経験で学んだことだけを信じていた。

ただ、ひとつだけ、その団体で教えられたことで心に残っていることがあった。

それは「弱きを助け、強きをくじく」という言葉だった。

なるほど、右翼というのは、そういう精神を持った人たちなのかと漠然と思った。実際、東方青年連盟は、国立の大学内で教授がセクハラしていると知るや、それを糾弾しに行ったり、恵まれない子どもたちの施設に、会費を集めてケーキなどを購入して持っていったりもした。

銃弾の飛び交う現場へ原付で偵察

総裁はいかにも東京のヤクザという、オシャレで格好いい人だった。

「ヤクザなんかと関わっちゃいけないよ」

自分がヤクザなのに、よく周りのカタギの人には言っていた。

ただ、東方青年連盟のメンバーたちはみんな暴力団員で、暴力団の組長が立ち上げた組織なのだから、寄り集まると自然とそういった組織の話にもなってしまう。

また、総裁がパーティーやら忘年会やらを主催すると、集まってくるのは右翼団体ではなくて、暴力団ばかりだった。

九段会館や大久保ホテル海洋を借り切ってパーティーをやった際には、いかにもヤクザという見た目の者たちが７００人ぐらい集まった。これだけの人を集めるというのも、総裁の人柄や人脈の為せる業なのだろう。

俺は寒い中、外に突っ立ってニンジン棒を振り、各地から集まってくる親分衆の高級車を案内していた。そんなパーティーは当然、周囲の注目を集めてしまい、機動隊の車がやってきたほどだった。それ以来、俺たちは出入り禁止になり、最後には、小田急ハルクの中華料理屋ぐらいしか借りられなくなってしまった。

そして、総裁の団体が抗争になったことがあった。

「おい、ちょっと抗争だからよ。新宿には入るなよ」

そんな通達がやってきた。

お互いに報復合戦で、何発も銃弾が撃ち込まれていた。

俺はヤクザではなくて右翼団体だったが、相手からすると、いつも親分たちの周辺者とつるんでいる傘下の組員だと思われているかもしれない。だとすれば、いつ撃たれたとしてもおかしくないだろう。

「学、原チャリで見に行ってこい。ナンバーとか控えてこいよ」

などと偵察を頼まれることもあった。

いやいや、そんなことやったら、俺は完全に抗争のメンバーの一員となってしまうだろう。だが、上下関係の厳しい不良世界で生きてきた俺はそうそう断ることもできない。

「防弾チョッキないんですかね」

「ねえわ。まあ、大丈夫だから行ってこいよ。何台ぐらい止まっているか」

「いや……今日も撃たれてるし。そんなとこ行かせないでくれよ、兄貴」

当たり前だが、右翼の活動をしていたら、義理事ばかりになってしまった。結婚式や葬式、忘年会など、様々なイベントがある。

そして、自然と自分も、総裁のところの者だという行動をとるようになる。歌舞伎町を歩くときも、肩肘を張って動かなきゃいけない。

自分が舐められれば団体も舐められる。そして、団体が舐められれば、総裁が舐められてしまうという意識は常に持っていた。それが組織の一員になるっていうことだ。

ヤクザも右翼も同じだが、看板を何よりも大切にするのだ。看板に泥を塗るような真似だけは絶対に許されない。ヤクザほどメンツにこだわる男たちはいないのだ。

だから、相手がヤクザだろうと右翼だろうと半グレだろうと、「こいつは危ない」というオーラを出すように心がけていた。それが歌舞伎町で看板を持って歩くということなのだ。

大人の喧嘩で重要な「間を取る」ということ

組織の看板を背負うということは、たくさんの面倒事を背負い込むということでもある。

こういうことがあった。

先輩が面倒を見ている店があって、その店に入ったところ、先輩が嫌っている組織の人間がいた。案の定、先輩はその相手に突っかかっていった。

「てめぇ、この野郎！」

相手のもとへ歩み寄って、啖呵を切ってしまう。俺はあわてて先輩をなだめ、その場を収めた。しかし、それが後々問題になってしまう。

「学、おまえもあの場にいただろう」

右翼団体の人たちから呼び出されて、そう注意を受けてしまったのだ。

自分は右翼団体の人間なのだから、その人間が、看板を持つヤクザ団体と揉めたという体裁になってしまうわけだ。

このとき俺は、相手と揉めた先輩に事情を説明している。

「先輩、こういうわけなんで、俺が収めちゃうんで、先輩は出てこなくていいですよ」

「学、すまないな。迷惑かけちゃって」

そうは言ったものの、これから相手と掛け合いになると思うと気が重い。

話し合いながら、どちらがイニシアチブを握るのか。相手との会話の中で揚げ足を取りつつ、有利に進めていかなければならない。どちらに理があるのかというのはもちろん重要なことだったが、勝敗を決するのはこの交渉力なのだ。

中学や高校時代の不良たちは、喧嘩が強ければ上に行けた。だが、ヤクザの世界では、喧嘩がいくら強くても上に行けるかどうかはわからない。なぜなら、ヤクザにもなれば、拳銃や日本刀の戦いになることもある。腕っ節の強い弱いは関係なくなってくるからだ。

それよりも大切になるのが、交渉力だった。これは一般社会でも同じだろうと思う。ヤクザで上に行ける奴は、たぶん一般社会にいても上に行ける奴なんじゃないか。人はどこに行ってもその人間の器に見合ったところに落ち着くものなんだろう。

俺が凄いと思ったのは、やはり阿久津組長だった。絶妙な間や、相手の一瞬の気の抜けた隙をついた攻勢、その立ち振る舞いによって、明らかに分が悪い案件であっても引っ繰り返してしまう。それでいて、後味の悪いようには終わらせず、相手も立てるようにする。

しかし、それは阿久津組長の貫禄があるからこそできる交渉術だった。当時、二十歳前後の若造である俺がそう簡単に真似できることではない。

ちなみに、このとき、俺が取った行動というのは、人懐っこく謝ることだった。

「すいません。酔っぱらってたもんで、まあ、俺に免じて許してくださいよ。どうです？これから一緒に飲みに行きませんか？」

相手のヤクザも、俺の態度を見ると、いきり立っていた気分が収まったようだ。また、俺が歌舞伎町の大物のヤクザの右翼団体に属していることも知っていたので、それ以上はことを荒立てるつもりはなかった。その日は一緒に飲みに行き、ちゃんちゃんとなった。決してかっこいい収拾の付け方ではないかもしれないが、若造にしては、うまくことを収めたと言えるのではないだろうか。

俺が10代後半から20代の頃は、ほぼ毎週のようにこんなことばかりだった。荒波に揉まれに揉まれた青春時代だったと思う。

阿久津組長を見習い交渉力を実践で習得

ショボい話だと、歌舞伎町で飲んでいる際、俺たちも一般のサラリーマンみたいにボッタクリのキャバクラに入ってしまうことだってある。2人で飲んでいて、何十万円という額を請求されたりしたときには、そこは修羅場と化す。

「おまえ、殺すぞ、この野郎！　俺のこと舐めてるのか！」

テーブルを引っ繰り返して、グラスを割る。

「何だよ、この伝票は。もう一回持ってこい！　ヤクザ呼んでこいよ、そこにケツ持ってもらうからよ」

するると、その店のケツモチを務めているヤクザがやってきて、話を付ける。

「私、藤井学と言うんですけれどね、コレで30万円はないでしょう。それを払えっていうなら、ちょっとこちらで一度、この話は持ち帰らせてもらいますよ」

俺はそう言って店を出て行く。ぼったくりキャバクラなどに、そのままの額なんて払うわけない。

当時、俺はよく歌舞伎町のキャバクラで遊んでいたが、聞いた話だと、「ホスラブ」という夜の仕事を取り扱うインターネット掲示板では、時々俺たちのことが書かれていたらしい。

「タチワル」

「どうしようもない奴ら」「ならず者」

そんな罵詈雑言が書き込まれていたようだ。

当時はまだ「輩」という言葉はなかったが、まさに俺たちは、今で言うところのソレだった。そんな俺たちを好ましく思っていない店員たちも当然いて、そういう空気は俺も敏感に感じ取ってしまう。

頭に来てグラスを割り、チェックした伝票を見ては、

「高ぇよ、やり直してこいよ！」

そう怒鳴り散らすなんてことも、しばしばあった。どこの店でも俺たちはやりたい放題で、店に話を付けて、裏口で葉っぱを吸うこともあった。

掛け合いの経験は枚挙にいとまがない。ただ、相手がヤクザの場合、俺はなるべく冷静になって、なるべく飛び火しないよう気を付ける必要があった。そこは打算的に交渉していく。

「すいません。俺カタギだけど、いいっすか」

すると向こうは、何とかだの、何だのと、自分の看板を出してくる。

「そうですか。じゃあ、この話どうします？　でかくしますか？　ココで終わらせるならいい。俺はカネを付けてもいいですよ。落としどころを決めてるだけですよね。これ上にあげてってなって、上同士で話したらおかしくなっちゃいますよね」

そうすると、たいていの話は収まってしまう。

阿久津組長にはまだまだ及ばなかったが、俺はこうして実践で交渉力をつけていった。やっぱり厳しい世界での一日は、のほほんとサラリーマンをやりながら過ごす十日、いや一年くらいの経験は積めるんじゃないか。

俺は中学の頃からずっと縦社会の中で生きてきたし、暴力や犯罪と隣り合わせで生きてきたので、二十歳のわりには大人びていただろうし、世の中をよくわかっていたと思う。

もちろん、人間の本質もわかっていた。じゃないと、人相手の交渉力というのはつかない。

クラブ遊びに絶対必要だった「道具」とは？

ヤクザの激戦区である歌舞伎町で、組織に入って毎晩飲み歩き、いざこざを起こしていれば、命の危険を感じたことなんかもしょっちゅうだった。

当時の歌舞伎町は、ヤクザが大手を振って歩いていた頃だ。道を歩いていても、どこの店に行ってもヤクザがいた。

色んな組織の有象無象の輩がいて、揉めそうになった時には、どこの組織に属しているのかと素早く頭を巡らせる。

「おまえ、どこのもんだよ」

「あん、ヤクザが何だってんだよ」

腹の虫が治まらないときは喧嘩が勃発してしまう。

「ガキが！　この野郎！」

そう言われ、拳銃を見せつけられたこともあった。

そいつは、訳の分からない金融屋かなんかだったが、行きがかりで喧嘩になったので、相手の素性なんかはよく分からないままだった。

いくらいきり立っていても、さすがに拳銃を見ると、たいていの人間は血の気が引く。喧嘩が強かろうと、拳銃を持っている相手に勝てるはずがないからだ。

俺の周りにも拳銃を所持している者は多かった。撃つ気はないけれども、いざというときはそれを出して相手とやり合わなければならない。

俺の後輩たちはみんな、クラブなどで遊ぶときは拳銃を携えて行っていた。先輩たちと一緒に車で走っていたときなど、首都高速で車の窓から看板を撃つ先輩もいた。完全にタガが外れてしまっている。

ちなみに、もちろん俺自身も拳銃を所有していたことがある。

兄弟分から「ピストルあるよ」と勧められ、確かそのときは15万円ぐらいの、単発式の22口径の銃だった。しかし、拳銃が欲しいという奴がいたから、俺はそれを10万円ぐらい上乗せして転売した。

これが、そこそこ儲かった。

だから、俺は一時期、拳銃を購入してはそれを周りに転売するビジネスをしていたほどだ。

日本国内では弾をぶっ放したことはほとんどないが、海外に行くと、よく射撃場に行った。ただし、サイパンやグアムだと、拳銃にはチェーンが付いている。おまけに火薬の量が少なくて、どうもあまり撃ったという感動がない。

タイのパタヤなんかに行ったときのことだ。

「3000円で、どれ撃ってもいいぞ」

などと言われる。そこは海岸で、それを自由に海や山にぶっ放してもいいというのだ。

しかし、山や海に撃っても何も面白くない。やはり的がなければ、まったく面白さが実感できない。

しかも、これがろくに手入れされていないような拳銃で、おまけに、メッキが使われている欧米のピストルと違って、真っ黒い鉄の塊のような代物だった。

そんな中、ショットガンをぶっ放せる機会を得たのだが、そのときは全身を強い振動が貫いて、あれには感動した。まるで映画『マトリックス』の世界に紛れ込んでしまったかのようだった。

ある不良グループとのいざこざ

俺の地元が高円寺で、そこはのちに関東連合の〝あるグループ〟が台頭していった場所だということは、前に書いた。

そこに、Mという、のちの組織の中心となる男がいた。

Mは、俺にとってはかわいい後輩の一人だったのだが、関東連合のあるグループのトップにSという男が君臨し、その男を中心にまとまり始めてからは、後輩たちは俺たちと距離を取り始めるようになった。Sというのは、のちに六本木のクラブ襲撃事件の主犯として指名手配され、フィリピンに逃亡する男だ。

「俺たち、こういう事情なんで、これからは今までのように先輩として接することはできないので。自分のグループの先輩以外には頭下げられないんで」

その組織の中心メンバーとなったMは、そう言ってきた。一人の人間がいくつもの組織に属すると人間関係がこんがらがってくる。

それに対して当然、高円寺の先輩である俺や、Y君やB君も激怒した。どこの地元でもそうだが、不良文化においては、地元の先輩を立てるというのは絶対だった。

しかし、関東連合は、そんな不良の掟を無視し、先輩だろうが何だろうが、「上をまくる」ということを躊躇しなかった。

10年以上も前になるが、そんなSと六本木の街中で会ったことがある。Sは2人の舎弟を連れていて、俺は集団で歩いていた。

お互いに顔は見知っていたし、無視して歩くのも変だったので、俺は声をかけた。

「おう、S君じゃないか」

二十歳くらいから35歳くらいまで乗っていたホークⅡ

社員旅行で行ったススキノ。一晩で２００万～３００万飲んだ

仲間と首都高速を暴走中

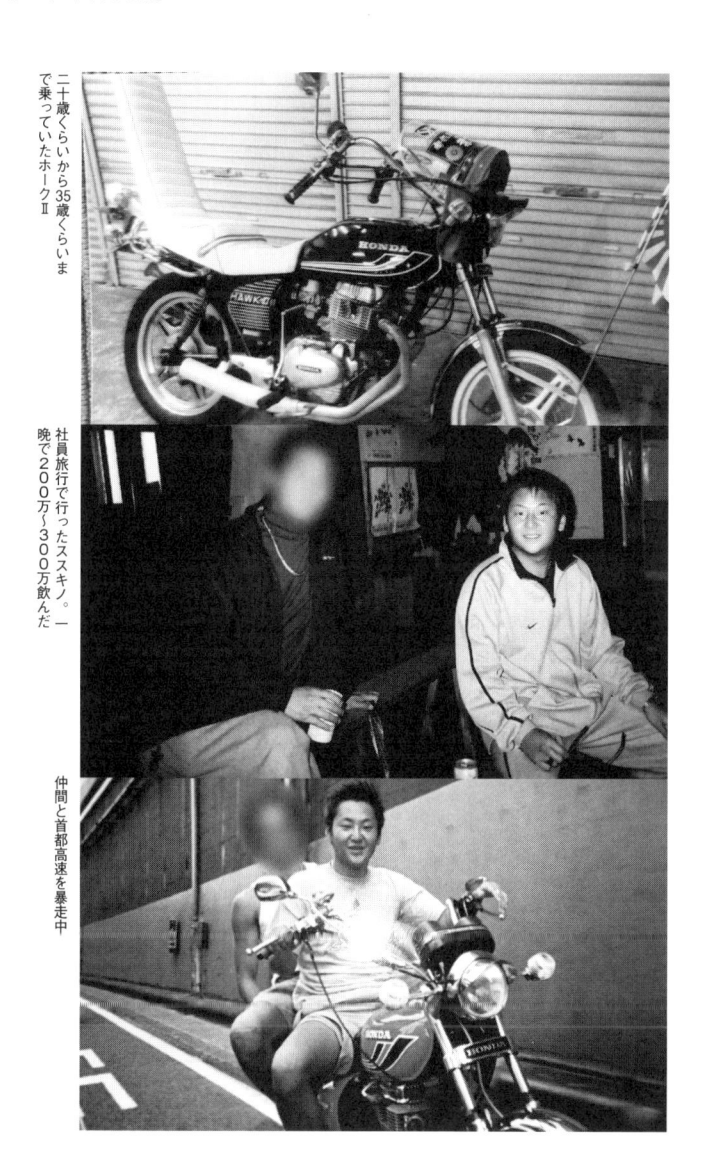

すると、Sが連れていた舎弟が言った。

「こんなトコでよ〜、杉並の先輩に会うなんて珍しいよなあ」

Sはそれに対してたしなめることもせず、ニヤニヤと笑っていた。

そんな態度を見たとき、俺は怒るというよりも、悲しみを覚えた。

「こんな生き方をしていたら疲れるだろうなあ」

そう感じてしまった。

俺が所属した右翼団体にしても、阿久津組長の組織にしても、何よりも大事にするのは仲間たちであって、そこに寄り集まってくれる人たちだった。「袖振り合うも多生の縁」という言葉があるが、自分と少しでも関わった者たちのことは、大事にしていきたいと考える。

仲間たちに対しては、絶対の信頼感があって、そこにあたたかいものがある。

でも、関東連合の奴らは常に誰かをまくろうと考えていて、疑心暗鬼になっていた。大勢の人の前で相手に対して偉そうな態度を取ることによって、自分の力を誇示しようとする。いわゆるマウンティングだ。どちらが上なのか、誰が上なのかを決めておかないと、彼らは落ち着かない。

だから、トップに立つSは、下の者たちを服従させ、下からまくられないように気を張っていた。同じグループ内であっても、気を抜くことすらできないのだ。

そんな組織が安定するわけがない。

関東連合と敵対していた「K兄弟」と遭遇

関東連合が世間の注目を浴びたのは、2010年の「市川海老蔵暴行事件」、そして2012年の「六本木クラブ襲撃事件」だ。

この2つの事件については、テレビ各局のニュースや様々なメディアで報道されたので、ご存知の方も多いだろう。

特に、六本木クラブ襲撃事件については、主犯のSが現在も逃走を続けていることから、メディアで取り上げられることが今も少なくない。

この六本木クラブ襲撃事件で、関東連合が狙っていたのは「K兄弟」だったと言われている。

もともと関東連合は、K兄弟と敵対関係にあった。その日、関東連合のメンバーが、

「K兄弟に似た男が六本木のクラブにいる」

と伝えたことで、Sはメンバーたちを集結。集まったメンバーらはそれがK兄弟であるという確信がなかったにもかかわらず、〝似た男〟のもとへ駆け寄ると、金属バットで一斉に殴りつけて撲殺したのだった。

その後、襲撃メンバーは軒並み逮捕され、収監されたのは報道された通り。

この六本木クラブ襲撃事件で、関東連合が〝攻撃対象〟としていた「K兄弟」とは、俺も会ったことがある。

それは、俺が新宿のキャバクラのVIPルームで飲んでいたときのことだった。その部屋を出てトイレへ向かおうとすると、いきなり3～4人ぐらいの男たちに囲まれた。

「おう、学くんよ。女が学くんの名前を出しているんだけど、どういうこと？」

リーダー格の男が、そう威圧的に言ってきたのだ。

よく分からないのだが、何かやらかしてしまった女が、K兄弟に対して俺の名前を出し

たらしい。その女はおそらく、新宿で知られている俺の名前を出せば、相手が怖がって引き下がるとでも思ったのだろう。

こちらはそんな女なんて知らないし、そもそも、この偉そうに突っかかってきている男は誰なのかと思った。

「俺のこと知ってるんだろ？　K兄弟の弟だけど」

男はそう言った。

それがK兄弟の弟で、関東連合が必死になって殺そうとしている奴だった。背はそんなに高くないものの、気合いの入っている風貌の持ち主だ。兄のほうとはそれ以前に飲んだりしていたが、弟とは初対面だ。不良として名を馳せているだけあって、なるほど、風格は確かにあった。

いったい、何の目的があって因縁をふっかけてきたのだろうか。こういうときはおおむね周りで空気を入れる奴がいるものだ。

「○○が、××さんのこと、△△って言っていましたよ」

そんなことを言って、わざとけしかけるように差し向けてくる。そして、空気を入れられたほうも、後先のことを考えないから、「よし！　それじゃ、やってやろうじゃないか！」となるわけだ。

「意味が分からねぇ、分からないことは分からないからよ」

俺はその後、ＶＩＰルームに戻って弟と話した。

そして最終的に、

「俺、東京獲るんでよろしくお願いします」

と、弟は言ってきた。

「いやいや、俺は仕事をやっているだけで、東京を獲るとか興味ないから。話ぐらいは聞くけれど、手は貸せねぇぞ」

俺はそう答えた。

25～26歳のとき、仕事の関係者らと兄貴の店で食事会を開いた

その頃には闇金などのビジネスをやっていて、俺は不良の勢力争いなんかよりもビジネスの方に興味が移っていた頃だった。

仮にこのK兄弟にどっぷりと肩入れしていたとしたら、関東連合と敵対していたかもしれない。俺はヤクザではなかったが、子供の不良遊びとはもう縁を切っていたのだ。

ただの勢力争いではない。金を儲けてなんぼの世界で、俺はすでに生きていたのだから。

高円寺北口で関東連合にいきなり襲われる

関東連合の中心メンバーであるMに関しては、幼い頃から見てきていて、俺やY君やB君など、高円寺の不良たちからしたら、弟みたいな存在だった。

それが関東連合の看板を背負い、Sとともに組織を引っ張って、頭角を現していった。そんな成長は嬉しいものだったが、それまで一緒につるんでいた俺たちに対しても牙を剥くようになっていったので手を焼いた。

そんな態度にブチ切れたのがY君だ。

「包丁だかバットだか用意して、全員来い！　この野郎！」

他のメンバーにそう言ったらしい。

しかし、さすがにメンバーたちも、地元の先輩にそこまですることはできず、このときは来なかったという。

「なんで、幼馴染だってのに居直れるのかな」

俺は不思議でならなかった。

「長いものに巻かれなきゃ、やっていけないんでしょう。Mもつらいかもしれないですよ」

それが組織の掟なら仕方ないとは思っていた。Mがやむなく、そういう行動をとっているということだって。

Mは仲間思いで、いい奴だった。幼い頃から一緒に過ごしてきた俺たちはみんな、そのことを知っていた。俺にとってはかわいい後輩で、このときは、「Mは骨のある男になったな」という思いすら抱いていた。

だから、このとき、Mは先輩に会いに来て、

「実は、これこれこうで、俺もつらい状況だから先輩分かってください」

などと、こっそり打ち明けてくれればよかったのだ。そうしたら、先輩だって、

「分かったよ、見て見ぬふりをしてやるよ」

となっていただろう。

しかし、Mからはそんなフォローも何もなかったため、Y君は完全に頭に来てしまっていたのだ。

そして、関東連合と決定的に揉めるときがきてしまった。俺が23歳の頃だった。

俺は義光をはじめ、4人ぐらいで、高円寺の居酒屋で飲んでいた。店を出て駅の北口の方へ歩いて行ったとき、その前で5台ぐらいの車が停車した。そこから15人ぐらいが降りてきて、一斉に俺たちに襲い掛かってきたのだった。

これだけの人数で襲われると、多勢に無勢で全く歯が立たない。相手は関東連合のOBとその周辺のメンバーたちで、19歳や20歳ぐらいの奴らだった。

ここにMやSがいれば、俺たちが誰なのか分かって、さすがに「やめろ」となったのだろう。だが、相手は誰も知らない奴らばかりだった。

MもSもちょうど、その頃は少年院に入っていたのだ。

生涯最高の〝心の友〟を失う――

「なんだ、てめぇ！」

「この野郎！」

たまたまこいつらは、高円寺の不良たち（つまり、俺たち）が目に付いたから、襲ってやろうという気分だったのだろう。

俺はボコボコに殴られながらも、必死に殴り返した。

街中でいきなり勃発した喧嘩に、周囲は騒然となっている。

騒ぎを聞きつけてやってきた俺の兄貴が怒鳴り立てた。

「てめぇ、どこで喧嘩してんだ、この野郎！」

しかし、そんなもので収まることはない。

そんな中、喧嘩が始めってから何分か経ってから、関東連合と義光の共通の知り合いが現れ、「あれ、何やってんだよ」という話になった。

「あれ？　義光先輩」

と、新たにやってきたメンバーが驚いて言う。

「え、先輩なの？」

奴らの手が止まった。俺たちが、高円寺のMなどの先輩だということを、奴らはこのとき初めて知ったのだった。

そのときには、俺は手を骨折していて、腕時計も割れてしまっていた。完膚なきまでにやられたという感じだった。

俺たちは話し合いをすることになった。

義光の地元である練馬から応援が駆けつけてきて、6対15ぐらいの掛け合いだ。

「喧嘩なら、現役同士でやれ」

俺たちはそこで引いた。俺もY君も、兄貴も、もうこんな暴走族の喧嘩の相手などしていられない。二十歳を過ぎてとっくに引退していたのだ。

しかし、その後もこの一件は練馬も巻き込み、収拾がつくことはなかった。お互いに「やった、やられた」という主張を繰り返していた。

「兄弟よ、俺、どう責任とればいいいんだろうな」

義光は責任を感じていた。この終わりの見えない抗争の発端を、自分が作ってしまったと考えていた。

「兄弟よ、ゆっくり寝ようぜ、そのうち収まるよ」

しかし、事態はなかなか収束しなかった。

義光が亡くなったことを、俺は後日知ることになる。

仲間思いで、俺が絶対にかなわないと思った男——義光。

あいつにならナンバーワンを譲ってもいい。生涯に一度そう思えた大切な友人を失ったことで、俺は脱力感に襲われた。

今さらこんなことを書いても、「過去の話を蒸し返しやがって」などと言われるかもしれない。この話は既に過去の話であって、俺は、抗争相手のメンバーたちを責めることもしない。

彼らはそういうタイプのグループであって、あとへ引くことが許されない集団だ。

徹底的に相手を壊滅させ、服従させることを目的としたグループであって、そこに入ってしまえば、そう行動せざるを得ない。組織とはそういうものだ。

だから、自分がどんな組織に入るのかは重要な選択なのだ。俺は、Mが実際はどういう奴か知っているし、奴が根っからの悪人ではないことだって知っている。

ただ単に、組織の人間として、そう動いていただけだった。

俺はただただ、自分の親友と、地元の後輩たちのグループがかち合って、こうなってしまったことが悲しかった。そして、それを止めることのできなかった自分が情けなかった。

俺は義光を慰め、その話を聞いてやることぐらいしかできなかったのだ。

死んだ義光と夜の都内を走りまわった

「関東連合とチーマー」

文責／井川楊枝

関東連合の歴史

近年、世間を騒がせた不良チームと言えば、やはり「関東連合」だろう。

２０１０年、有名歌舞伎役者の市川海老蔵と、関東連合のメンバーが西麻布のバーで飲んでいたところ、そこで喧嘩となり、海老蔵が大怪我を負うこととなった。

また２０１２年、六本木のクラブ「フラワー」で、当時31歳の男性が、突然店に侵入してきた目出し帽の男たちに襲われ、死亡する事件が起こった。暴行したのは関東連合のメンバーだった。その男性を敵対する者だと思い込んで暴行したのだが、のちに、それは別人だったことが発覚する。

こうした事件の一連の報道において、「六本木などで活動する暴走族チーム」などと紹介されることが多々あったが、実のところ、彼らが現役だったのは15年以上も前の話だ。

関東連合については、元メンバーである工藤明男氏が著した『いびつな絆　関東連合の真実』（宝島社）や、本書の藤井氏とも関わりの深かった瓜田純士氏が出版した『遺書　～関東連合崩壊の真実と、ある兄弟の絆～』（太田出版）に詳しく記載されている。

もともと関東連合の歴史は古く、１９７４年までさかのぼる。当時は巨大暴走族の時代で、CRS連合や全日本狂走連盟、キラー連合、東京連合など、1000人以上の規模の暴走族が跋扈していた。

そんな中、「ブラックエンペラー」と「マッドスペシャル」という暴走族チームが、関東一円の暴走族に声をかけて結成したのが関東連合だった。

しかし、1978年、増加する一途の暴走族を壊滅させるため、道路交通法改正により5台以上のバイクが連なって走ることを禁止する法律、道路交通法改正が施行された。それ以降、関東連合は弱体化していく。

そんな中、再び関東連合の名を世に轟かせたのが、1977年世代の杉並区に住むメンバーたちだった。

そのメンバーの中には、藤井氏の後輩であるM氏などがいた。

この世代の関東連合のメンバーたちがのちの世間を騒がせる事件を引き起こしていく。

チーマー全盛期に暴走族は…

関東連合が誕生した時代というのは、「チーマー」と呼ばれる不良少年たちが渋谷を中心とした街に根付いている頃だった。

暴走族が旧世代の不良グループだとすれば、チーマーはアメリカギャング映画の『アウトサイダー』や『カラーズ』などの影響を受けて渋カジやらアメカジなどのオシャレなファッションに身を包んだ、新しい世代の不良グループと言えるだろう。

暴走族は、住んでいる地域を中心にまとまり、先輩と後輩の関係を重んじる縦社会となっている。

それに対してチーマーのメンバーは、おおむね住んでいる地域がバラバラで、横の繋がりで成り立っている。

チーマーの元祖となったのが、1980年代初頭、明治大学付属中野高等学校の学生たちが作った「ファンキース」や「ウォリアーズ」というチームだった。その後、東京とその周辺の地域からこぞって少年たちが渋谷の街に集まり、武闘派チームの「宇田川警備隊」やら「AMG」、「渋谷変態倶楽部」といったチームが誕生した。

渋谷のメイン通りであるセンター街を中心に、公園通りや宮益坂通りなど、チームはそれぞれ縄張りを作っていった。年々、チーマーは凶悪化し、当時、メンバーたちの間ではバタフライナイフを携帯するのが流行。刺す、刺されるというのも日常茶飯事だった。

その後、「PBB」や「TOP-J」、「ブットバス」といったチームが誕生するが、その辺りのチームがちょうど、1977年世代の関東連合と年齢が重なる。

関東連合はそんなチーマーを目の敵にして、渋谷に攻め入り、チーマー狩りを頻繁に行った。

チーマーのオシャレなスタイルに比べると、関東連合はパンチパーマで、特攻服に身を包んでいたりと、昔ながらの硬派な暴走族スタイルである。その気合いの入り方は尋常ではなく、当時のチーマーを圧倒したという。

その後、関東連合のメンバーたちは、それぞれ不動産やAV、IT、暴力団などの別々の道へ進みながらも、OBとなってもコネクションを持ち続け、六本木を中心にその影響力を持つようになった。

(文中一部敬称略)

第三章

「更なる事業と失敗」

闇金事業主から投資家へ――

25歳のときに闇金を始めたのだが、半年ほど経つと軌道に乗ってきて、2店舗目を立ち上げることができた。

金は溢れかえっていた。毎月、数千万円という金が入ってきて、全部を銀行に貯金なんかしたら金融庁や国税庁に怪しまれるから、現金を金庫の中に入れていた。

カジノで何百、何千万円と負けても、「別にいいか、儲ける方法は知っているから」と考えた。5億、6億という金が貯まっていって、一生遊んでも暮らしていけるぐらいの貯金ができた。

ただ、俺はその頃20代半ばで、まだまだ余生を遊んで暮らすには若すぎた。そして、もっと事業家として大きな成功を収めたいという野望も抱くようになった。

「さて、次は何をするかな?」

俺は店長たちに各店舗を任せ、自身は新たな事業を行うことにした。その一つが「システム金融」だ。

これは資金繰りに困っている中小企業の社長たちに対し、複数の貸金業者がタッグを組んで、金を貸し付けるシステムだ。社長たちには、当座決済できる小切手や手形を担保にして融資を行うのだ。

ターゲットとなる社長が決まったら、各種の貸金業者へ利息を支払う日に電話をかける。

「社長さん、お金に困ってないですか？」

「ああ、実はちょっと……」

「でしたら、お貸ししますよ。ただ、他の金融からは借りない方がいいですよ。利息が高いし、嘘つきな業者もありますからね」

こうして各社が金を貸し付けていくのだ。

取り立てる2日ぐらい前には、「次の利息、大丈夫ですよね？」と電話をかける。そうすると、社長としても他の業者から金を借りざるを得ない。

しかし、俺たちは誰がいくら出しているのかが分かっていて、小切手何枚ぐらいになると、焦げ付きそうだというのが分かってくる。週に5万円から10万円ぐらいも利息を払っているのだから、どんどん借金は膨らんでいく。ただ、それだと倒産しそうだと思っていても、3～4年も続くこともある。

会社を潰さないため、社員たちを食わせていくため、利息のために、汗水垂らして必死に働く社長たち——そんな人間を見ていると、「社長って何なんだろう」と思ってしまう。

利息を支払うため、横浜から東京までチャリンコでやってきた社長もいた。そのときは利息分の1万5000円だけ持ってやってきて、

「パンクしたんでパンク代だけもらえますか？」

と言っていた。

やはり社長って何なんだろうと思わざるを得ない。

「そんな会社なんて捨てちまって、もっと楽に生きればいいのに」

今ならそう思う。

でも、彼らにとってはひょっとしたら、それが命よりも大事なものなのかもしれない。

そんなことを考えていると、後輩のために命を絶った義光のことを思い出してしまった。

そういう生き方は嫌いではない。

金があると詐欺師が寄ってくる――

新しい事業と言っても、俺は元来が金融屋だったので、舞い込んでくるのは、「お金を貸してほしい」、「投資してほしい」といった相談ばかりだった。

しかし、今後は、闇金のように数万円を貸して、細々とした利子を取って返してもらうというのではない。大きく儲けるためには、もっと大きな金を貸さなければならない。でかい投資が必要だった。

俺は、スキームを持っているところに金を投げる。相談者は事業計画を立てて、「こうでこうで」と説明してくる。俺はそれを聞いて、なるほどと金を貸す。

言ってみれば銀行と同じなのだが、銀行と違うのは、俺がアンダーグラウンドなビジネスにも金を貸していたということだ。

その代わり、利息は高めに設定していた。銀行が貸してくれない金を貸してやるわけだから、借りる方は利息が高かろうと借りたがるわけだ。

こうしたビジネスをするためには、常にアンテナを高くしておかなければならない。実際に現場を見て、そのビジネスがちゃんと成立するのか見極めなければならない。それを見誤ってしまうと、痛い目に遭う。そんな失敗談も数えきれない。

例えば、韓国にあったYという映像製作会社の話だ。そこは、ちょうど上場したばかりだった。日本では『冬のソナタ』などが放映され、韓流ブームに沸いていた頃だ。

「ここの株を買ったら絶対に儲かりますよ。藤井さん、お金出しませんか？　藤井さんの周りにもいませんかね？　その代わりに儲かったら20％ください」

Aという男にそう言われ、俺は、偽物のシャネルのボストンバッグに1億円分の紙幣を詰め込み、韓国へ飛び立った。そこで日本円をウォンに換金し、投資会社の口座にぶち込んで株を購入した。

さて、その1億円が、いったいいくらに化けるのだろうか。

日本のおばさんたちは、韓流ドラマにのめり込み、ヨン様だとかに熱狂している。これは間違いなく〝くる〟はずだった。

しかし毎月、韓国のソウルに行って、その収支を見ていたのだが、一向に株価は上がらなかった。株価はすでに上がりきっていたのだ。やけっぱちになって、ソウルにある外国人専用のカジノのウォーカーヒルで遊んで帰国する。

俺はAを問い詰めた。

「おい、ふざけんなよ！　詐欺か⁉」

「いや…おかしいですね。きっとそのうち……」

よくよく考えれば、人に投資金を出させておいて、それで儲かったら利益を得ようというのも、人のふんどしで相撲を取るようなものだ。

自分はいっさい損をしないで、情報だけ寄越して儲けようというのなら、それなりのとびきりいい情報を持ってこなくちゃいけない。だが、Aが持ってきた情報は、少しばかり古いものだったんだろう。

Aは従業員を十数人ほども抱えている会社の社長で、この韓流ビジネスに関しては完全に見誤っていたのだ。

結局、1億円を投資したものの、戻ってきたのは7000万円。3000万円の損失だった。なぜ、ここの会社の株は上がらなかったのか、素人である俺には全く分からなかった。

ひょんなことから風俗店の店長になった

まあ、この社長のＡは、人を騙そうとしていたわけではないから、まだいいほうだ。彼自身も投資していて多額の損失を被っていたのだから。

だが、正真正銘の詐欺師にぶち当たったこともある。

俺の後輩がある日、こんな相談を持ち掛けてきた。

「先輩、１０００万円で箱ヘル（※店舗型のファッションヘルス）買いませんか？　内装を変えて新しくすれば、場所も渋谷のセンター街近くだからたくさん客が入りますよ。今は風俗の規制も厳しくなってて、箱ヘルが減ってるけど、渋谷はまだ平気です。だから、すっごい儲かるんですよ」

なるほど、その店の売り上げを見てみると、確かに黒字も出ている。この店を新規オープンすれば、確実に客は掴めるように思えた。

「いいよ。お前がやれるなら、金を出すよ」

俺は１０００万円を気前よく出してやった。

しかし、この売上表というのが、すべてデタラメだったのだ。売り上げは大幅に水増しされていて、実際にはそんなに客も入っていなかった。

しかも、女の子を8人ぐらい抱えていると言っていたものの、蓋を開けてみると、1人か2人ぐらいしかいなかったのだ。

そしてそんな中、この金を支援してやった後輩が、すぐに懲役に行ってしまった。となると、俺がやり取りを進めなきゃいけない。

後輩のバックについているのが、とにかく話の通じない奴だった。類は友を呼ぶと言うが、詐欺師は詐欺師を呼び寄せてしま

闇金時代、社員旅行でススキノへ行った時の一枚

うのだろう。とにかく陰湿で、人の足を引っ張ることしか考えていないような奴で、俺は何度も大喧嘩した。

こんな奴とは一緒に仕事はできないし、そもそも俺は、風俗という仕事に何の思い入れも持てなかった。そりゃセックスは好きだったが、おおむねそこで働いているのは金に困っている女の子だ。根っからのセックス好きならまだしも、そんな子たちが、愛していない男と無理やり肌を合わせる。そこは〝虚構〟の世界だった。

そんな女たちを缶詰にして働かせるのも、何だかなあと思ってやりきれない。しかも、売れっ子になれそうな風俗嬢がいるならまだしも、その1人か2人の風俗嬢は、どこにでもいそうな子だった。

懲役に行ってしまった後輩に代わって詐欺師とやり取りしていると、なんで俺はこんなことをしているのだろうと情けなくなっていく。

最終的に風俗店は取り潰し、箱だけ仲間に売って、闇カジノをオープンすることにした。その仲間は長年、闇カジノでやってきて、客も持っていた。

渋谷には当時も今も闇カジノがあって、そうした文化は根付いている土地だった。

投資するのはシステムやスキームではなく、「人」

その頃の俺は、金を持っているというアピールを積極的に行っていた。『ミナミの帝王』の萬田銀次郎じゃないが、大量の札束を持っているようなイメージ写真すら撮ったことがある。

そうなると、金は人を呼び、いろんな人からの紹介、紹介、紹介で、いろんな奴らが集まってくる。

「不動産をやらないか？」

「海外投資をやらないか？」

「洋服のブランドに金を出さないか？」

そんな感じで、様々な話が舞い込んできた。

詐欺のような話もあったが、時にはその中に、何百倍の金を生み出す金の生る木のような話も紛れ込んでいる。金持ちアピールによって、そんな玉石混交の投資話を引き寄せることになるのだ。

その中で「これはカネになる！」と思えるようなものを見つけ出すのは、俺にとって最高に楽しい作業だった。

女とのセックスも楽しい。しかし、射精した瞬間にどうでもよくなってしまう。

やっぱり俺が好きなのは仕事のことで、どこに金を投資してみようかということを当時は常に考えていた。

相談してくる社長連中と会い、ビジネスの話を聞いていると、俺の視野も広がっていく。

「こういう世界もあるのか」

そんな新たな発見が毎日あった。

スキームを聞いて、これならば儲かりそうだと納得させられる。

その後、俺が判断しなきゃいけないのは、「これを本当にやれるのか」ということだった。

例えば、デリバリーヘルスのスキームを持ってくる奴がいて、ここの従業員はこうで、広告費用はこうで、女を集めてこうでこうで……などと説明される。しかし、何より重要なのはそこで働く従業員であって、彼らがしっかりと儲けを生み出すことのできる人材かどうかということだった。システムやスキームも大事だが、もっと大事なのはそこで働く人間なのだ。

俺が立ち上げた闇金にしても、店舗によって倍以上の売り上げの差が開いていた。ほとんど条件は同じだったのにもかかわらず、だ。

つまり、たとえスキームがしっかりとしていようとも、やはり誰がやるかによって、その収益は全く変わってくるということなのだ。その仕事を楽しみながらやる奴と嫌々やる奴とでは、仕事に差が出てきて当然だろう。

特に、裏社会の仕事は、心を鬼にしなければならないこともある。心がすり切れていくこともある。それに耐えることができないヤワな奴は、裏社会の仕事は向いてないということだ。

世の中にはいろんな人間がいて、いろんな仕事があるんだから、自分の性に合った仕事をやるべきだ。落ちこぼれたから裏の社会に行くなんて、気軽に考えるべきじゃない。

そんな腹をくくってない奴は、どこに行っても落ちこぼれのまま、人にこき使われて一生を終えるだろう。そんな奴もゴマンと見てきた。

失敗だった格闘技ジム・興行への投資

採算は全く取れなかったものの、印象深い投資として覚えているものに、タイのキックボクシング、ムエタイがあった。

阿久津組長のファミリーの先輩たちとタイに遊びに行った際、ムエタイをやってみたのがきっかけだった。

「学、ジム出さない?」

ムエタイの人脈が生まれた先輩に誘われ、そうたいした額でもないし、出してみようかという気になった。闇金で毎月1000万円以上の金が入ってきているのだから、月に100万円や200万円ぐらいの金が消えていったところで、そうたいしたことはない。

「まあ、税金のカモフラージュ的にはむしろ好都合か」

俺はそう言って笑っていた。

3人ぐらいで金を出し合って、日本でも有名なムエタイのジムの系列店として運営することになった。

ジムは南長崎の30坪ぐらいの場所で、家賃が35万円ぐらいだった。従業員のタイ人には1人あたり15万円を支払い、プロモーターにも支払って、なんだかんだで諸経費が月に100万円以上になった。

会員は90人ぐらいいたが、およそ月に10万円から15万円ぐらいの足が出た。

タイなどで盛んなムエタイはハードなスポーツだ。気軽にダイエットに励めるようなスポーツジムとは訳が違う。金を使ってくれそうな主婦がやってくるわけじゃないから、はなから儲かる事業じゃなかったのだ。

俺も投資者としてだけではなく、汗を流しにジムへ顔を出した。

30歳くらい。ムエタイ興業に手を出していた頃のジムで

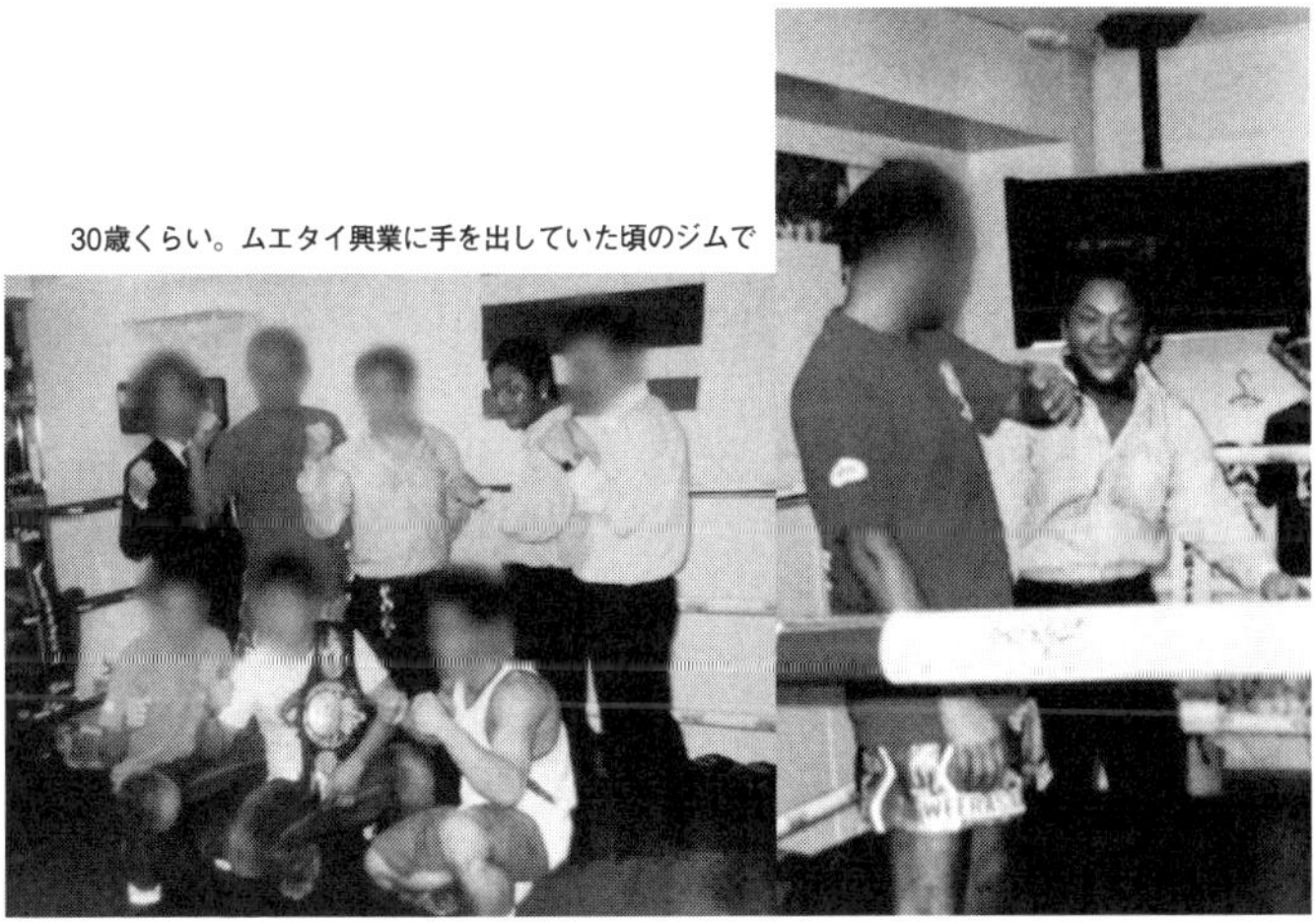

その系列のジムのメンバーたちが寄り集まり、興行も行われた。その興行のために別会社を設立し、俺もその中に役員として名を連ねていた。

会場のディファ有明には、当時人気K-1選手だった魔裟斗や先日亡くなられた山本〝KID〟徳郁なども現れ、格闘技界では大きな注目を集めていたらしい。

しかし、興行的には数百万円もかかっていて、とても回収できなかった。

「まあ、いい夢見たからいっか！」

それでも熱狂的な試合を見ていると、俺も胸が熱くなり、その損失のことなどどうでもよくなっていた。

みるみるうちに溶けていく億の金――

少ない額ながらも地道に金を貸して回収する闇金とは違い、当時の俺がのめり込んでいたのは何百、何千万という額を注ぎ込む投資だ。リターンも大きいが、リスクも大きい。

しかし、何よりそっちのほうが夢があるから、俺も充実した気分を味わえた。

とあるゲーム会社に金を出してみたこともあるし、ある社長から5000万円必要だと言われれば出してやった。こんな人のいい金貸しなんて、滅多にいないだろう。

しかし、不良の世界をうまく渡り歩いてきた俺だが、結局のところ、投資や経営に関しては素人でしかない。ゴルフのやり方もルールも知らないのに、ゴルフクラブを持ってでっかい金を賭けているようなものだった。

本来であれば、これだけの額を投じるのなら、経済学や経営学、心理学、行動マネージメント、マーケティングなどを勉強し、総合的に判断を下すべきだった。

しかし俺は、プリンスホテルのスイートルームなどで社長と会談し、そこで自分の知らない世界を垣間見ただけで舞い上がってしまっていた。

「社長、凄いねえ。頑張っているねえ」

そう言いながら対面し、お茶を飲む。

社長は、そのビジネスのコツなどを話し、俺は、なるほどとうなずく。

俺には何億という金があった。その金によって、ビジネスの第一線で活躍する連中と対等どころか、むしろ優位に話を進めていくことができるのだ。

はっきり言えば、投資して儲かったことなどほとんどない。多くの社長たちは見込み通りにならずに、俺が投資した金を溶かしていった。

俺は気前よく貸してやったが、単なる人のいい金貸しだったわけじゃない。貸したからには、容赦なく取り立てに行った。相手の社長がまったくの見込み違いで、会社が傾こうが、倒産しようが、路頭に迷おうが、こっちが知ったことじゃない。激しく脅したこともあれば、身柄を攫うことだってあった。

俺の場合、金を貸すときの審査はゆるいが、失敗した時の取り立ては半端じゃない。闇金で仕込んだ取り立てが、ここで発揮されることになる。

それにしても、ビジネスで成功するというのはかくも難しいものなのだと、俺は社長連中の失敗を見ながら実感した。幼い頃から、ギャングのような盗みや裏仕事、闇金の成功によって、金なんて簡単に稼げるものだと俺は侮っていた。しかし、それは裏のルートを使った、抜け道的な稼ぎ方だった。

俺は多くの金を投資によって失ったが、見識を広める上では、この投資経験は決して悪いものではなかったかもしれない。高い授業料だったと割り切っている。

第四章

「転落～薬物とニコ生～」

KABUKI-CHO UNDERGROUND

出所から数日後、地元高円寺にてあいさつ周りに

「学、シャブやろうよ」

俺は20代で闇金をメインに一生安泰となるくらいの金を稼いだ。そして、さらに上を目指して闇の投資家として活動し、蓄えてきた金を少しずつ溶かしていったが、それでも金には困っていなかった。

そんな俺も30代を迎えていた。

内心では、このまま30代もイケイケでやっていけると思っていたが、どこかで気が緩んでいたのだろう。この頃からクスリにハマってしまった――。

たまたま六本木で知り合った女がマブくて、その女が「シャブ」をやっていた。シャブとは言わずと知れた覚醒剤のことだ。誘われるままに一緒にシャブをやることになった。女は床上手だったし、シャブをキメながらヤッていると、いつもよりも数倍、気持ち良かった。

そして結果的に、俺は破滅への道を歩んでいってしまうのだが、そのことを書く前に、俺のクスリ遍歴を書いておきたい。

シンナーを始めたのは中学生ぐらいだった。前にも書いたように、俺は先輩に命令され、シンナーの売人をやっていたことがある。そのときに、自分でも試しにやってみたのだ。

〝葉っぱ〟を始めたのは、16歳ぐらいだった。先輩の家に行ったとき、先輩がパイプにマリファナを詰め込み、火を点けて、「やれよ」と言った。

俺たちは5人ぐらいで回して吸った。

「ヘー、マリファナってこんな感じなのか」

頭がぽわーんとなった。シンナーに比べると、心がリラックスして、幸せな気分が胸を浸していった。

シンナーだったらずっと吸ってしまうが、葉っぱの場合は吸いたければもっと吸えばいいし、吸いたくなかったらやめればいい。ケミカルじゃなくてナチュラルだったので、自分で制御することができた。

日本だと、所持しているだけで逮捕されるが、海外だと当たり前のように使用されている国だってある。それに日本でも、別に使用することによって逮捕されるわけではない。普通のサラリーマンが何グラムと買っていくのも、これまで幾度となく見てきた。鎮痛・

鎮静作用を目的とした「医療大麻」なんていうのもあるし、いずれ日本でもマリファナは合法になるのではないだろうか。

シャブを初めてやったのは、18歳の時だった。

伊豆・白浜に遊びに行くことになり、そのとき先輩から、

「学、シャブやろうよ」

と誘われたのがきっかけだった。

なんでも、そのシャブはイラン人から購入したらしい。

先輩はシャブ中だった。海に行くときにまで持ってこなくてもいいだろうと思っていたのだが、先輩は既にシャブがなければ生きていけないようになっていたのだ。

懲役から出てきて、キャバクラのＶＩＰルームではしゃぐ俺

シャブなんて、こんなもの？

シャブは日本でも昔、「ヒロポン」という名前で強壮剤として販売されていたことがある。シャブをやると、すさまじい快楽と興奮が得られる。だから、飲まず食わずで働くことができるので、戦後の復興の頃、労働力が必要だった時期には重宝したのだろう。

だが、とんでもなく依存性が高いし、幻覚や幻聴などの副作用がある。いったんシャブに手を出すとやめられず、「骨の髄までシャブられる」からシャブという名前がついたと言われるほどだ。

最初にシャブをやったとき、俺は気持ち悪くなった。

白浜の旅行は二泊三日だったが、丸二日間、眠れなかった。飯が出てくるだけで吐き気がしてきた。これはやばいと思った。

「先輩、これ何なんすか？」

「いや、そういうもんだから」

そうは言われても、全く信ぴょう性がない。

明らかに体には異常が現れていた。1日目は海辺でナンパを繰り返していたのだが、疲れているはずなのに宿に戻っても全く眠れない。

もう二度とこんなものやるもんかと思った。

しかし、俺は24歳のとき、再びシャブに手を出すことになった。たまたまいいシャブがあるというので、それをもらい受けて、後輩たちを集めて4人で炙ったのだった。先輩の世代は注射器でやっていたが、俺たちの世代は炙りが一般的だった。

18歳のときは散々な目に遭った。

「きっとあれは粗悪なシャブだったのだろう。ひょっとしたら、今度こそいい体験ができるかもしれない」

そう思っていたのだが、そのときも別にいいとも悪いとも感じず、そんなもんかと思った。

ただ、このときはちゃんと夜には眠ることができた。おそらく、6年前のシャブは、北朝鮮製で純度が高かったのだろう。国際的に経済制裁を受けている北朝鮮は、外貨獲得のために覚醒剤の輸出に力を注いでいるという噂は聞いていた。だから、99%以上の純正なシャブが流れてくるのだという。

シャブにハマったきっかけとなった女

2回のシャブ体験は取り立てていいものでもなかったことから、自分の体にはシャブは合わないのだろうと思っていた。

ここでやめておけば良かったのだが、3発目にして俺はハマってしまうことになる。

当時は30歳。自分がやらなくとも、闇金は回っていたし、報告だけ受ければ良かった。金は溢れるほど入ってきていた。

そんな中、床上手な女とともにシャブを始めてしまい、それ以来、ちょこちょことやるようになってしまったのだ。

いわゆる「キメセク」だ。シャブをやればその分、快楽も増幅する。

最初は2週間に一度ぐらいだった。それが10日に一度になり、1週間に一度、3日に一度になっていく。

その頃には周りにも隠さなくなっていた。

「軽くしかやってねえよ」

そう言うのだが、明らかに俺の様子はおかしかったのだろう。

ついには、1日に何度もやるようになった。ちょっと旅行に行くときであっても、シャブは手放せなくなった。

ガラス管の瓶に詰め込み、自分専用のドラッグケースを作って、その中に入れておいた。何かあったら、それを捨てればいいと思っていた。

パイプとジェットライターでシャブを炙って吸い込む——。

ちょっと吸うと、脂汗が滲み出てくる。

オフィスとして借りていた場所で、俺は日々、吸い続けていた。次第に、

「俺の様子がおかしい」

という噂が立ち始め、周りから人が離れていくようになる。

先輩と歌舞伎町に飲みに行っても、平然とジャージで現れたりした。酒も一滴も飲まず、挙動がおかしくて、先輩に不快な思いをさせてしまった。こいつは、普段の学じゃないということは分かってしまっただろう。

仲間たちが離れていき、その代わりにドラッグ仲間が寄り集まってくるようになった。

「あそこに行けばいいドラッグが吸える」

と、奴らが集まってきたのは、俺が事務所として借りていた場所だった。

マリファナはほぼ全員がやっていて、シャブは限られた者がやっていた。

エクスタシーや合法ハーブなどのケミカル系などにもハマった。

クラブに行くときはシャブだけでは面白くないから、エクスタシーも同時にやった。大音量で音が鳴っていると、頭がすっ飛んだ。効いてくると、覚醒剤よりもヤバかった。まるで人間じゃなくてゾンビにでもなったような感覚だ。

セックスも最高だった。

覚醒剤とエクスタシーをダブルでやるのが好きだった。時々、頭が痛くなることもあったが、そういうときはロキソニンを飲めば、何とか治まった。

すっかりシャブ中になった俺

俺の事務所は、いつしかジャンキーたちのたまり場となった。

もともと、マンションの一室を借りて、闇金の店長たちを集めたりして、打ち合わせをするための部屋として使用していた。しかし、「麻薬部屋」に様変わりしてからは、そんな仕事仲間は呼べなくなってしまった。みんな頭がぶっ飛んだ奴らばかりの中に、まともな連中がやってきたらびびってしまい、そんな彼らが俺から離れていくのは目に見えていた。

相変わらず派手に遊んでいたため、もとから警察にマークされていたが、クスリでも疑惑の目で見られることになる。そのうち内偵が入っているという情報が入り、小滝橋や西新宿、新大久保と、転々と拠点を移動させた。クスリをやり始めてからは、より一層、クスリをやるのに都合のいい部屋を借りるようになった。

西新宿のときはサウナ付きのタワーマンションで、新大久保のときはバルコニーが20畳ぐらいあって、部屋は12畳ぐらいあった。クスリをキメたあと、バルコニーに出て、みんなとのんびりするのは気持ちが良かった。

これだけクスリをやっていても、妻にはクスリのことは言っていなかった。

「クスリなんてやってないよ。心配するな」

俺はそう言っていたが、彼女も薄々勘づいていたことだろう。

30歳の頃からクスリにハマり始めて、5年の月日が経った35歳の時。この頃には俺自身も完全なジャンキーになっていたが、それでも見た目は健康そうだから、女はいくらでも付いてきた。

しかし、確実に破滅の道は近づいてきていた。

思えば、様々な投資話を受けて投資したものの、ろくに儲からない。そんな仕事上の鬱憤も溜まって、より一層、クスリにのめり込んでしまったという面もあったのかもしれない。

俺は闇金では満足できなくなっていた。だから、さらなる上を目指して、人生に充足感を得たかった。でも、それが得られなかったから、クスリで気持ち良くなってごまかしていたんだ。

完全な逃げだった。

じいちゃんの教えに従い、何でもいいからナンバーワンになってやろうと思って生きてきた。闇金の世界では、ナンバーワンとまではいかなかったかもしれないが、それでもみんながウィンになれるシステムを作り上げたと自負している。それはオンリーワンだったのかもしれないし、それはそれで良かったかもしれないが、俺は満足できなかった。

それでもう一つ上のステージで戦おうとしたとたん、俺には戦うための武器がないことに気づかされた。

ここでいう武器とは、経営学やマーケティングといった知識のことだ。経験なら誰にも負けなかったが、俺はとにかく勉強嫌いで、ぜんぜんやってこなかったから、学問的な知識なんてないのは当たり前だ。

でも、正攻法のやり方で儲けるためには、裏社会の経験がいくらあってもそれだけではダメだった。投資の仕事をやりながら、専門的な知識を学ぶということもやらなかったから、当たり前だが、なかなかうまくいかなかったんだろう。

要するに、闇金から一つ上のステージで勝負しようとして、俺はその戦いでナンバーワンになれないどころか、遠く及ばなかったから、知らず知らずのうちに自分から破滅の道に足を踏み入れるようになってしまったんだろう。

女と警察に騙されて逮捕

シャブは骨の髄までしゃぶり尽くすと言われるだけあって、最初の頃はなんとも思わなかった俺でさえ、抜け出せなくなっていた。

そんな折、俺の人生を変える出来事が起きた。

キャバクラで知り合ったタイ人の女と仲良くなり、金に困っているというから助けてやろうと面倒を見てやっていた。ちょこちょこ事務所に遊びに来て、金をせびられては渡してやり、そして、一緒にクスリをやってセックスをする仲になった。

しかし、どうもこの女が嘘つきで、言っていることも支離滅裂だった。

何となくおかしいなあと思っていたある日のことだ。警察が俺の事務所に踏み込んできた。手には捜索令状を持っていたから、俺を調べ尽くしてきたんだろう。

「タイ人の携帯を使って恐喝しただろう?」

俺には何のことやらさっぱりわからなかった。

携帯を借りた覚えなどない。

「いや、俺は携帯なんて使ってねぇし、恐喝した覚えもねぇよ」

そこで、携帯を貸した、貸さないといった押し問答となったが、そんな中、俺の事務所から、コンセントと電球の中に仕込まれている覚醒剤が出てきたのだった。俺はそんなところにクスリを隠した覚えはない。タイ人の女にはめられたのだ。タイ人の女と警察はグルだったんじゃないかと思っている。

俺は覚醒剤使用と所持で逮捕された。覚醒剤は5.5グラムだった。

今でも忘れない、35歳の12月28日の出来事だ。

懲役2年、執行猶予3年だった。

家に帰ると、嫁と子供がいなくて、部屋ももぬけの殻となっていた。2人とも、実家に戻っていたのだ。

俺の姿はニュースに出ていたのだが、なぜか覚醒剤の売人みたいな感じで報道されていた。それが実際にやっていることだったらいいけれども、売人なんかはやっていなかったから、腹が立った。

FXで溶かした3億円

投資がうまくいかず、鬱憤を晴らしたかった俺がクスリ以外にもハマっていったものが、もうひとつあった。

それはFXだ。

FXとは、外国為替保証金取引のことで、金で金を買って売って、利ざやを稼ぐというものだ。たとえば、日本円を売って、ドルを買ったとする。為替レートが動いて、利ざやが出るときに、ドルを売って日本円に戻すわけだ。

結論から先に言うと、俺はFXで3億8000万円もの金を溶かしている。1日で8500万円もの金が消えていったこともあった。

FXでは、担保となる手元の資金にレバレッジをかけて、本当にある金の何倍もの金額の外貨を取り引きできたりする。たとえば、100万円の資金なら、本当だったら100万円の取り引きしかできないはずだが、10倍のレバレッジをかけてやると、100万の10倍である1000万円分の取り引きができるというわけだ。

そのときは、俺は200倍のレバレッジでやっていた。100万円なら、2億円分の取り引きができるというわけだ。闇金で億単位の金をバンバン稼いでいたから、俺の金銭感覚も普通とは違っていたのかもしれない。

知っての通り、ＦＸではこのレバレッジというからくりのせいで、世界中に莫大な借金を背負ったり、自己破産した連中がわんさか出た。自殺した奴らも少なくなかった。

俺は担保となる手元の資金２４００万通貨を投じていた。それにレバレッジをかけていたから、とてつもない額を動かしていたことになる。これだけの額だとわずかな為替レートの動きだけで莫大な儲けが出たり、逆に、とんでもない負けになったりする。３円30銭ぐらい離されてしまっただけで、とてつもない損失を出してしまった。

あれだけ稼いだというのに、投資とＦＸで全てが消えてしまったのだ。それどころか、数千万円もの借金を抱えることにもなった。

ＦＸで失敗すればするほど、今度ばかりは負けないようにしようと、シャブにのめり込むことになった。

シャブをやっていれば、寝ないで集中することができる。常にＦＸの動向を注視することができたのだ。

しかし、そんなクスリの力など何の役にも立たなかった。

投資で数千万円ぐらい溶かしても、俺にはまだ何億円という金があって、そんなのははした金だというのはわかっていた。

しかし、このときばかりは一文なしどころか、マイナスになってしまったのだ。

もはや、ただのヤク中だった。

全ての金がなくなったとき、俺は絶望で起き上がれなくなった。それまでの自信というのは、金があったからこそ生まれていたものだった。

いや、10代の頃は、金なんてなくたって俺にはちゃんと自信があった。じいちゃんの教えを真に受けて、何でもいいからナンバーワンになってやろうって思えるくらい自分に自信を持っていた。

全てがおかしくなったのは、闇金で途方もない金を儲けてからだ。

金は魔物だ。途方もない金を持った俺は、自分の中にもともとあった自信を金に置き換えてしまったらしい。

「これだけの金を持ってるから俺はすごいんだ」

そう思うようになったわけだ。

だが、その金が消えてなくなったとき、俺の自信もなくなってしまった。残ったのは、シャブ漬けになって、変わり果てた俺。

坂を転げ落ちるところまで落ちていった。しかし、落ちるときはとことん派手に堕ちるのも、歌舞伎町阿弥陀如来だ。

ブログ開設のきっかけは、あの瓜田純士

一度逮捕されてから、執行猶予がついて娑婆に出てきたとき、横浜の仲間に声をかけられた。

「学、最近、ニコ生っていうのがイケているらしいよ」

「ニコ生？　なんか面倒くさそうだな」

「いや、準備は俺が全部やるからさ。カメラも用意してやるし」

32〜33歳ガンガン覚せい剤が効いている頃…ガンギマリ

俺は29歳のときにブログを始めていた。もともと、俺の地元の後輩に「学くん、ブログがいいっすよ」と勧められたのがキッカケだった。

その後輩というのは、こうしたアウトロー事情に興味がある人間なら、知っている人も多いだろう。

瓜田純士という男である。

瓜田は作家としても何冊か本を出版していて、「THE OUTSIDER」などの不良が集まる格闘技イベントに出演して名を馳せていた。

その父親は、元ブラックエンペラーの2代目総長だった。もともと凛々しく整った顔立ちをしていたが、今はその顔面にビッシリとタトゥーを入れているため、なかなか一般人には直視しづらい面になっているかもしれない。

新宿で暮らしていた瓜田は、中学生の頃、高円寺へやってきたことがあった。年齢は関東連合メンバーであるMの1つ下で、彼と同じ中学校だった。俺からすると、3つ年下にあたる。

当時の瓜田は腕っぷしも強く、群を抜いた不良だった。それでいて、後輩には優しくて、ハートもあった。性格的には一匹狼で、群れをなさずに自分のスタイルで生きるタイプだ。

そんな中、Mとは仲が良くて、2人はよく一緒につるんで遊んでいた。

その頃、俺と瓜田は、地元の先輩と後輩という間柄で、顔を合わせたら挨拶をする程度の仲だった。その後、瓜田はいち早く暴力団に入り、地元の不良の世界からは離れていく。

瓜田と親密な関係になったのは、俺が29歳の時だ。

瓜田はとある件で刑務所に入っていたのだが、出所してきた。そのとき、俺は放免祝いで10万円を手渡し、「俺ができることならやってやるよ」と約束したのだった。

俺が瓜田に対して、このように協力的になったのにはワケがあった。俺の兄弟分であり、生涯の親友と言ってもいい桜井義光のことを、瓜田は庇ってくれたことがあったからだ。義光が窮地に陥ったときも、瓜田は気を使い、義光をサポートしてくれた。だから、俺もその恩返しができればと思ったのだ。

瓜田が「THE OUTSIDER」のリングに立った際には、セコンドとして付いた。クラブに一緒に行ったり、瓜田が監督する映画『ブルーベリー 〜僕の詩・母の歌〜』（GPミュージアム）制作の折には、その撮影を手伝った。

瓜田はとにかく目立っていて、トラブルも絶えなかったため、その喧嘩の仲裁に入ったこともある。

元暴力団員でありながらも、作家や映画監督、格闘イベントに出演したり、ミュージシャンとしてステージに立つ瓜田の生きざまは、まさにアーティストだと言えるだろう。

俺にとっては、かわいい後輩だったし、その才能も誰よりも認めていた。

しかし、俺たちの関係を引き裂く一件が起こった。おそらく周りで空気を入れるような奴がいたのだろう。

シャブをキメてニコ生出演！

ある日、瓜田が俺に突っかかってきた。正直なところ、俺は、なぜ瓜田がこんなにいきり立っているのか分からなかった。

この一件があってからというもの、今、俺は瓜田と仲たがいしていて、連絡は取り合っていない。

さて、瓜田の話で脱線してしまったが、とにかく俺は、瓜田の勧めもあってブログというものを始めてみた。

「歌舞伎町阿弥陀如来」というネーミングは、そのときに付けたものだった。当時から歌舞伎町で頻繁に遊んでいたし、祖父の代から阿弥陀如来を信仰してきた。

ブログはロクに書いていなかったが、3万から5万ぐらいのアクセスがあった。

そんなブログに「歌舞伎町阿弥陀如来　ニコ生参戦」と書いたところ、ブワーッと大量の人がやってきた。

「学、入れねぇよ。プレミアム会員にならなきゃ見れねえってなってるぞ」

それを見た先輩が苦情を言ってきた。

俺は念のためサングラスを付けて、8時間ぐらいぶっ通しでカメラの前でしゃべり続けた。シャブが効いていたから、いくらでもしゃべることができたのだ。執行猶予で出てきてからも、俺はシャブをやめられなかったのだ。

プレミアム会員じゃないと視聴できなくて、夜は100円、ゴールデンタイムは500円の課金をする。俺は1500人ぐらいの会員を持っていたから、毎月俺の放送によって運営元のドワンゴは150万ぐらい儲かっていたのではないだろうか。しかし、それが自分の懐に入ることはなかった。

俺も単に面白いからやっていたのだろう。「ウナちゃんマン」とか「悪魔のＱＰ」とか「唯我」とか、ニコ生で名を馳せている奴らが、みんなやってきた。

ニコ生では、自分で放送する者のことを「生主」と呼ぶ。そんな中、ヤクザやらアウトローやら、様々な経歴を持つ者たちが、しゃべっていたのだ。

誰もがネット上では粋がっていた。生主は動画の再生数を稼がなくてはいけない。だから、みんな仮の姿でもキャラクターを立たせていたんだろう。誰もそいつの素性を調べたりはしないから、嘘つきの口のうまい奴なら目立つことができる。

そいつらから見ても、俺は歌舞伎町阿弥陀如来というよく経歴の分からない奴に映ったのだろう。だから、よくクンロク（脅迫）を入れてきた。とりあえずは、ジャブを打ってきて様子見というところなのだろう。

「そういう話をするんだったら直接来てよ。俺、右翼団体に入っててさ」

こうしたニコ生アウトローたちと対談していたことが話題となって、おおむねその放送は炎上した。おそらく、視聴者からすると、このニコ生上で粋がっている奴らは、本当のアウトローかどうなのかというところを好奇の目で見ていたのだろう。

「リアルな喧嘩が生で見られるかもしれない」

誰もが興味津々だったのではないだろうか。

当然、中にはただの詐欺師みたいな奴らもいた。

とある組織の組員だったという奴に対し、俺がその組織の組員の名前を出すと、そいつはバツが悪くなったのか、「もう終わった話なのでやめましょう」と弱音を吐いた。

「北新宿に事務所があるんで遊びに来てくださいよ」

俺がそう誘いかけてみると、そいつは「怖いから行けないですよ」と言い、通話を絶って逃亡してしまった。

偽物はすぐにメッキがはがれるものだ。俺は自分で言うのもなんだが、10代の頃から筋金入りの不良としてやってきたし、20代の頃はヤクザにこそならなかったが、闇金の世界でのし上がり、歌舞伎町ではその名を馳せていた。

口八丁手八丁な奴らとは格が違う。俺が少しでも過去をほのめかし、マジで脅してやれば、まがい物の奴らはびびってみんな逃げ出した。

シャブの力で長時間しゃべり倒し！

そうして、俺の名前は飛躍的に広まっていった。

俺はもちろん、芸能人になろうなんて思いもなくて、単に面白いからやっていただけだった。動画再生数が上がっても、俺には1円も金が入らないんだから、動機としては自分が面白いから以外にない。

FXで金を溶かし、投資もうまくいかなかったこともある。要は暇だったんだろう。

全てを失った俺は、この本の中でこれまで書いてきたようなこと、これまで俺が経験してきたことを語った。ディープな体験には事欠かなかった。

「そうか。俺の話をこんなに興味を持って聞いてくれる人がいるのか」

素直にそう思った。

俺の懐には1円も入ってこなかったが、課金してくれる奴らはみんないい奴だなと思った。

俺は何もかも失い、逮捕までされ、シャブ中になってしまったが、みんなから求められていると思うと、やっぱり嬉しかった。俺の存在価値をそこに見つけたような気もしたからだ。

みんなの求めに応じるように、俺はシャブを打ち、長時間しゃべり倒した。

ニコ生で目立っていた俺の姿は、警察も注視していたのだろう。明らかにネタでキマっている感じのしゃべり方だったし、マリファナに関しては所持でなければ逮捕されなかったため、普通に「吸っている」とも語っていた。

一度、どうやら内偵が入っているようだと感じ、栃木に体をかわしたことがあった。だが、しばらく経ってから、「大丈夫だよ」と言われ、東京に戻ってきた。

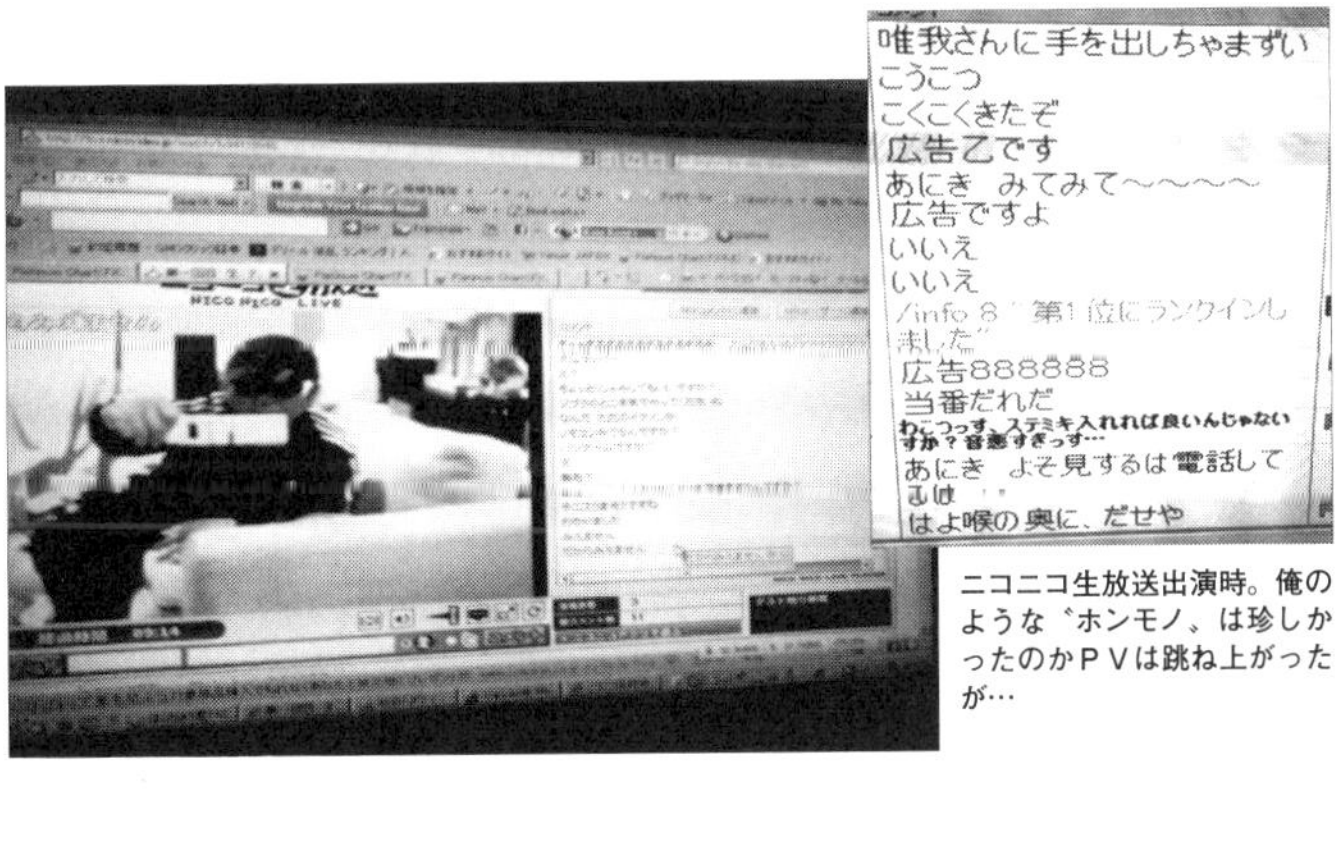

ニコニコ生放送出演時。俺のような〝ホンモノ〟は珍しかったのかＰＶは跳ね上がったが…

そしてあるの晩のこと、ニコ生をやるため、部屋に入ったときだった。

警察官8人が部屋の中にやってきたのだ。自分で使用する1グラム分の覚醒剤を俺は持っていた。

警察も馬鹿じゃない。ニコ生という公の場所でクスリでキマりながらしゃべっている男を、いつまでも放置しておくはずがなかった。

前回逮捕されてから8カ月の月日が経った頃だ。執行猶予で出てきてからは、4カ月ぐらいだ。36歳になったばかりだった。

ニコ生をやらずに静かにしていたら、おそらく逮捕されなかったのだろうが、このわずか3カ月の放送で名が広まったのだから、悪いものでもなかったのかもしれない。

俺はいろいろ馬鹿なこともやってきたが、くよくよ後悔したって何も始まらない。時間が過ぎた今となっては、失敗の中から何か現在の自分につながるいいところを見いだすようにしている。

成功も失敗も全て俺の人生の道になっている。あの頃があったから、今の俺があるんだ。

第五章

「刑務所から更生へ」

KABUKI-CHO UNDERWORLD

極寒の地での刑務所生活

裁判の間は、留置所で生活することになる。そこは狭い独居房で、毎朝7時に起きて夜9時に就寝するというような、規則正しい生活を強いられる場所だ。

留置所には漫画があったので、俺はよくそれを読んでいた。先は長くて、何もすることがなかったから、本を読むことぐらいしか他にやることがないのだ。

俺は小学校4年生ぐらいから学校にはまともに行っていなかったから、ろくに漢字も書けないし、読めない。つまり、まず人生で本というものをろくに読んだことがなかった。小説では大変だが、漫画なら読みやすい。

留置所に置かれていたのが、『はじめの一歩』（講談社）という少年マガジンで連載されていたボクシング漫画だった。漢字は分からなかったが、絵が描かれているから、それで何となく意味は分かる。面白くて100巻ぐらいまで読んだ。

『はじめの一歩』に続いて読んだのが、『ワンピース』（集英社）だ。ルフィーと仲間たちの活躍に感動して、涙が出てきた。これまで漫画にも接してこなかったから、よけい純粋に感動しやすかったんだろう。

目黒署の留置所から東京拘置所へ移ったとき、雑居房に入れられ、そこで他人と会話することができた。しかし、その房のおっさんに嫌われ、また独居房に入れられてしまう。仕方なく本を読むしかなくなった。

よく意味の分からない文字が続く文章を読むのは苦痛だった。どういう意味なのか、類推しながら読まなければならない。

そんな折に、審判が下された。

前回が懲役2年執行猶予3年だったので、その懲役2年分に1年半が加わり、3年半の実刑判決となった。

未決から既決に――。

俺は上告しないで認め、赤オチした。

「今日からおめぇは懲役だからなぁ」

未決のときはまだ拘置所の対応は柔らかかったのだが、刑が確定してから様変わりした。もう犯罪者という目でしか見られない。

しかし、俺の犯罪なんてクスリだ。誰かを傷つけたわけでもなく、刑事上の被害者などいないのだから、もう少し大目に見てくれてもよさそうなものだが…。

刑務所は北海道の月形だった。

冬にはマイナス25度以下にもなる極寒の地で、俺が送られたのは、そんな冬の12月20日のことだった。建物は古くて、1983年頃に建てられた舎房に入った。

このとき俺は、改めて実感した。

「やっちゃったなあ」

刑務所の中で「暴力団組員」の扱いに

とはいえ、俺は時間を無駄に過ごすことには耐えられない性分なので、せっかくだから中で勉強してやろうと考えていた。

まずは、新入工場に入り、2週間の研修を行う。

そこから俺は木工場に配属されることになった。そこでやったのがレストラン、びっくりドンキーの木製皿の研磨だ。

これには下積みが必要で、いきなり機械は触らせてくれない。ヤスリ掛けから始まり、おやじ（看守）との交渉によって、よりやり甲斐のある作業場所に配属される。

「こらー！　何やってんだ、おまえ。やり方違うじゃねぇか！」

おやじからは、毎日のように怒られていた。

そして、そこは、いわゆる「暴力団員」ばかりが所属している侍工場だった。侍工場の反対は、カタギの入っているエリート工場である。

「ヤクザじゃないのに、なんで、ここに来たの？」

「さあ、右翼団体に入っていたからですかね」

「ふーん、右翼なんだけれどヤクザ扱いなのか」

俺は同じ工場の仲間と話した。

俺は盃ももらっていない。組長が運営していた組織に入っていたものの、それはあくまでも右翼団体だった。しかし、どうやら行政は俺のことを暴力団員だと思っていたようだった。

「暴力団員扱いになっているから、おまえはいいところに行くのは無理だ」

刑務所でも、そうハッキリと言われた。

こうなると、仮釈ももらえないし、部屋の中では班長にすらなれない。暴力団員だと色々と制約が生まれてしまうのだ。

木工場には、俺の実の兄貴と交流がある人がいた。その人が勉強を教えてくれて、俺は、辞書を引いて字の読み方を覚えていった。漢字を一字ずつ書き、その意味を頭に叩き込んでいく。

また、俺は刑務所の中でも人との繋がりの大切さを学んだと思っている。組織の一員になるのは嫌だったが、人は誰か人と繋がっていなければダメだ。人を裏切るのも人かもしれないが、人を結びつけてくれるのもまた人なんだと思った。

兄貴と交流があったというだけで、その弟の俺をかわいがってくれたんだ。その人にも兄貴にも感謝だ。

当初は漢字が読めなかったから漫画を読んでいたが、続いて文庫本を読むようになった。

しかし、そのうち文庫本がつまらなくなって、気付いたら自己啓発本を読みふけるようになっていた。経済学、会計、陰謀論、更に仏教にたどり着いた。本をとっかかりにして、俺にも知識欲があることを知ったり、知識面でもけっこう成長したと思った。俺は人よりもいろいろ経験が早かったが、勉強をしたいと思った年齢は遅かったのかもしれない。たぶん人それぞれ勉強したいと思う年齢は違うんだろう。

大人になると、昔、勉強していなかったことを後悔するというが、これは本当だ。そして、ほとんどの大人が多かれ少なかれ勉強してこなかったことを後悔する。

でも、いつから勉強したっていいし、いつからでもやってみればできるもんだ。

要は本人のやる気次第だ。

社会のほうも、いつからでもやり直しがきく社会になればとも思う。

阿弥陀如来のことは知っていたものの、仏教というのがこういう由来で、こういう教義だったのかということも刑務所の中で初めて知った。

部屋は5~6人部屋で、そこにいたのは、泥棒、人殺し、覚醒剤、密漁などと様々だった。

馬が合う奴もいるが、合わない奴もいる。人間が薄いなと感じる奴もいた。何を話しかけても「あ、どうも」というぐらいだ。

しゃべっても人間味がなければ、俺としても人間として付き合わなかった。嘘ばかりついている奴とは、しゃべっても仕方ないからだ。

3年半の刑務所生活で得たもの

刑務所内では、分刻みで動いていく。

起きたら歯を磨き、着替えて、安座する。そこから「今日も一日お願いします」と言い、1、2で出て、裸で検診して、作業が始まる。

「何で俺、こんなところにいるんだ……?」

そう思わないでもない。かつては闇金で何億という金を稼いでいたというのに、今や一文なしとなって、刑務所で暮らしているんだから。

あのとき、あの女と出会わなければ……。

シャブなんかやっていなければ……。

後悔はたくさんあったが、なるべく前を向いて歩かなければならない。いい機会だと思って自分をリセットさせようと思った。

刑務所の中にいると、性的な欲求がまったく湧いてこなかった。エロ本にも興味が出ない。

みんな「オナニーしてきます」とか言って抜いてくるわけだが、俺はそういう気にはぜんぜんならなくて、2週間に一度、惰性で体のために放出していただけだった。

俺は当初、14工場にいたが、入ってから3～4カ月ほど経って、人間関係がうまくいかず、9工場へ移った。

9工場は、農家の人たちの器具や、ジャガイモを取ったりする商品を作って卸していたり、インターネットの器具やらパソコンとかを解体している工場だった。それ以外にもネジを分けたり、トンネルのU字溝とか、セメントを固める前の骨組みとかを作ったりもした。そこに指を挟んで複雑骨折している奴もいた。気の毒ではあったが、それは自分が作業事故で責められることになってしまう。

面倒なのは、人間関係だった。

14工場と違い、9工場には人のいい奴が多くて、俺もうまくやっていくことができた。

俺はもともと、協調性のなかった人間だが、裏社会で生き、いろいろ経験をすることによって、知らないうちに相手に合わせることもできるようになってきた。それが人付き合いってやつだ。

社会に出て一匹狼では生きていけない。組織や会社のトップに立っても、部下がいなければ組織は回らないのだ。

刑務所も人間関係がすべてだ。少ない人数しかいないわけだから、「あいつのこと苦手だ」とか、「あいつとは馬が合わない」と思っても、人付き合いを変えるわけにはいかないのだ。だから、そこでの人間関係がうまくいかなかったら自殺する奴もいる。

逆におやじとの関係がうまく築ければ、自由に会話することだってできる。刑務所内でも人間力や交渉力は必要だったわけだ。

血の気の多い奴もたくさんいたから、喧嘩になってしまうことも多々あった。

ヤクザ者が送られる通称「侍工場」だから、「俺は山口だ」「俺は住吉だ」などと、代紋を掲げて言い争ってしまう。

しかし、刑務所内で喧嘩をしても、いいことなんて何もない。看守に咎められ、刑期が延びて娑婆に出るのが遅くなってしまうだけだ。

俺は、よっぽどのことがない限りは揉めないようにうまくやっていくようにした。

思い出に残る刑務所内の大運動会

そんな中、俺が仲良くなったのが、Tという男だった。

このTは、もともと埼玉の暴走族に所属していて、そこでヤクザをやっている男気のある奴だった。

俺は作業中もよくTとしゃべっていた。本当は作業中に会話なんて言語道断なのだが、これが作業にまつわる会話だったら問題ないとされている。

「作業相談お願いします」

と会話をする際には、申請を出す。

そしておやじが了承してはじめて俺たちは会話できるのだが、ここでおやじとの良好な関係が構築されていたら、自由に会話できてしまうのだ。

「おまえら、仕事の話なんかしてないじゃないか」

おやじが苦笑交じりに、そう注意してくる。

そんな心のあるおやじとは対照的に、ひどい奴もいた。

「てめぇの番号何番だ？　ちゃんとやれ、この野郎！」

などと見下したように言ってくる。

ここではいくら腹が立ったとしても「すいません」と言っておかないといけない。当たり前だが、俺たちは囚人であり、看守には逆らえない。

それをわかっていながら、わざと高圧的に出てくる奴もいた。俺たち犯罪者が「この野郎はクズだな」と見下すような奴らだった。

思い出に残っているのが、運動会だった。工場同士で争う、刑務所の中では最も盛り上がるイベントだ。

Tが、「おやじに優勝させてあげましょうよ」と訴え、俺たちはがぜん気合いが入った。そして全員の力を合わせて優勝を勝ち取ることができて、大喜びした。

これで金が入るわけでもない。その栄誉が一般社会で通用するわけでもない。しかし、力を合わせて何か一つのことを成し遂げるというのは、人間のサガみたいなものなのだろう。それがビジネスであれ暴走族のチームであれ何であれ、俺たちはそういうシチュエーションになると、がぜん熱くなってしまう。

刑務所にいるときは、親父、お袋、兄貴、おじさんをはじめ、いろんな人たちが手紙を送ってくれた。兄貴ははるばる刑務所までやってきて面会してくれた。

出所後、写経をしたりして心を落ち着かせている

弁護士も、親父が3人も付けてくれていた。先輩や後輩、ヤクザ、右翼の人たちもみんな来てくれた。

　これほど人のやさしさをありがたいと思ったことはなかった。みんな俺に早く出所して、更生してもらいたいと願っていた。そんな気持ちに絶対に応えてやらなければと思うようになった。

　表の世界の人たちは、「学くん、何やってるんだ⁉」って怒り出す人もいた。気持ちはありがたいが、もう怒られるのは勘弁してくれって感じだった。

　表の世界の人たちは常識の世界で生きてきているから、俺の生き方をまったく理解できないのだろう。

　もちろん、それはそれでいい。

　反対に、裏の社会の人たちは俺のことを慰めてくれた。一歩間違えば自分たちだって刑務所に入ることもある。それをわかっているし、刑務所がどんな場所かもわかる。昔は羽振りがよかったのに無一文になって絶望している俺の気持ちもわかってくれている。

　親父や兄貴は、俺の仮釈放に尽力してくれた。俺はヤクザでもないのに、ヤクザ扱いされているのが、仮釈放の妨げになっているらしかった。行政の奴らがわざとやったとしか思えなかった。

仕方がないので、暴力団の離脱を兄貴に頼むことにした。離脱届を提出すると、刑務所から法務省にいって、認められないと仮釈放はもらえないらしい。

兄貴は試行錯誤していろいろやってくれた。感謝の言葉しかない。

そうして、俺は早めに出所となったわけだ。

刑務所内の人間関係というのは独特なものがある。そこでも俺はいろいろ勉強になったと思う。

これからナンバーワンを目指すために…

思い返せば、俺は身体を張っていっぱい失敗して、そのたびに何か得て、勉強してきたんだと思う。学校の勉強をしてこなかった代わりかもしれない。

娑婆に出てきて、これからが、俺にとっての第二の人生だと思っている。過去は変えられないんだから、これを糧にして、俺にしかできないこと、毎日が充実するようなこと、そして、もちろん法に触れないことで、ナンバーワンを目指しながら生きていけたらと思っている。

今まで散々悪さしてきた俺が言うのもなんだが、やっぱり世のため人のためになることをしたいと思っている。

俺が窮地に陥ったときに助けてくれたのは人だし、俺はやっぱり仲間と一緒にいるときが好きだからだ。

俺だけ幸せになりたいんじゃない。俺が好きな奴らにはみんな幸せになってもらいたい。いつもそう思ってきたから。

第二の人生では、その対象を広げようって思っているわけだ。だから、世のため人のためだ。みんなに幸せになってもらいたい。俺はそのために生きる。

今、俺がやっているのはコンサルタント業だ。表のことから裏のことまで、様々な相談事が舞い込んでくる。

「シャンパン1000本あるから付き合ってくれないか」

例えば、そんな相談が先輩からくる。1本1万円で卸して、それを1万1000円で売れるのであれば、儲けにはなる。

それ以外にも、ダークなものだと、戸籍を買わないかと相談してくる者やら、ビジネスの相談をしてくる者まで様々だ。

俺がクスリで逮捕されたというのを知っておきながら、シャブを用立ててしてくれないかと相談してくる奴もいたが、もちろん、そんなものはお断りだ。臭い飯を食うのは真っ平ごめんだった。

そして金貸しの相談もあった。

長年、金貸しをやってきたこともあって、俺はやっぱり金貸しは好きな仕事だった。FXで溶かしてしまったが、また前みたいに資金ができたら、大きなビジネスにも投資してみたいと思っている。

もちろん成功することもあれば失敗することもあるだろう。しかし昔よりは人を見る力も養っているし、刑務所での経験を通して、知識も増え、人付き合いもうまくなった。

成功する確率は、以前よりも上がっているのではないだろうか。

「刑務所ではこう生きろ」

文責／井川楊枝

刑務所での数少ない楽しみ

刑務所にも楽しみはある。

刑務所によってその視聴時間は異なるものの、雑居房であればテレビを見ることができる。おおむね18時から21時ぐらいまでの時間帯だ。

2017年、TOKYO MX『5時に夢中！』の番組内で、刑務所内で人気のテレビ番組が調査された。そこでの上位ランキングを発表しよう。

3位『サザエさん』（フジテレビ系）

2位『1億人の大質問!?笑ってコラえて！』（日本テレビ系）

1位『ダーウィンが来た！生きもの新伝説』（NHK総合）

受刑者の好みがいまいち把握しづらいが、AKBが一大ブームを巻き起こしていた2014年頃は、全国の刑務所内でも選抜総選挙の話題で盛り上がっていたという。

テレビ以外の楽しみと言えば、お菓子だという受刑者も少なくない。

刑務所の中では、祝日と年末年始の休みの日は、「特食」としてお菓子が供される。また、刑務所に収監されてから6カ月無事故無違反であれば3類に進級できるのだが、そうなると、月に1回、300円か500円のお菓子を購入できるようになるのだ。娑婆では何でもないことだが、刑務所では異様にうまく感じるのだろう。

年一回の運動会も刑務所の楽しみの一つと言える。

工場ごとにチームを結成し、そこで優勝するために全力を注ぐ。その熱の入れようは、終わった矢先に、翌年の運動会について語り始める囚人たちもいるほどだ。

慰問に訪れる芸能人も多い。

落語家の七代目桂才賀、アイドルのPaix2（ぺぺ）などは、慰問芸能人として有名だ。島倉千代子などの大物芸能人が訪れたこともある。

過去には刑務所に収監されている大物組長の力によって、裏で大物芸能人が慰問に手配されたこともある。


娑婆で生きづらくて職もない者にとって、刑務所の方がむしろ生きやすい場所であることは多々ある。

そのため、娑婆に出るや罪を犯してすぐに戻ってくる者も多いというのも、刑務所の持つ一面だ。

刑務所で起こった事件

もっとも、刑務所は閉鎖された空間であり、逃げ場がないこともあって、人間関係がうまくいかないと地獄のような日々を送るハメになる。さらに囚人同士では陰湿なイジメも行われ、時には看守が囚人を虐待することも……。

刑務所で起こった事件を幾つか挙げておきたい。

2001年、名古屋刑務所の刑務官らが集団暴行で受刑者3人を死傷させる事件が起こった。

さらに、革手錠付きベルトで腹部を締め、受刑者2人が死傷したとされる「革手錠事件」や、肛門に消防用ホースで放水して受刑者1人を死亡させたとされる名古屋刑務所での「放水事件」などのおぞましい事件も起きている。

「革手錠事件」は当初、刑務所はこの事件を隠ぺいしようとしたが、特捜部が捜査した結果、刑務官の部屋の天井からノートが見つかった。そこには、いつ誰を懲らしめたといったことなどが記載され、計画的な犯行だったことが明らかとなったのだった。

2001年に名古屋刑務所で起こった「放水事件」に端を発する暴動事件も、刑務所で起こった事件を語る上では欠かせないだろう。

また、2007年には、徳島刑務所の医務課長が刑務所に服役している囚人に対して性的虐待を行っていたことも明らかになった。服役囚が診察を願い出ると、なぜかズボンとパンツを脱ぐように命じて肛門に指を入れるという虐待を行っていたというのだ。その対象とされたのは、一度でも懲罰を受けると仮釈放の資格が薄くなる無期懲役囚や、懲罰房に行きたくない病弱な老人たち。そんな医務課長に反発し、暴動が発生したのだった。

そこが地獄になるか、それとも意外と快適な場所になるか——。

刑務所生活を快適にするかどうかは、人間関係次第なのかもしれない。

出所直後、歌舞伎町にて。気付けば39歳を迎えていた

あとがき

光陰矢の如し、過ぎ去りし過去は戻らず——。

俺のような社会の陽の当たらない世界を歩いてきた者にとって、世の中の目は厳しい。自分の意志に反した目で見られ続け、肩身の狭い思いを日々鬱屈させていたが、今では希望と夢を持って前進するしかないと思っている。

少しずつ、一歩一歩、前に進むこと。これが最大の秘訣ではないだろうか。

思えば俺の人生は、失うものも多かった分、得るものも非常に大きかった。いつも反省と失敗の連続だったが、失敗を経験して少しずつ学び、そのわずかながらの成長を楽しみ味わう。これがまた快感に繫がり、さらなる成長に繫がるものだと思う。

人生は短い。それゆえ、失敗を恐れず、反省すら楽しんで日々を過ごしていけたらと思っている。反省と後悔の日々が、光を求め、夢を持つことに繫がるのだから、地道に進むよう気合いを入れていくだけだ。

俺にとって、特に忘れられない3人の方たちがいる。

1人は、歌舞伎町の棚本清己氏だ。今でも俺のやんちゃな生き方を笑いながら、あたたかく優しい目で見守ってくれている。

2人目は、親友で、いつも一緒に悪さをしていた義光。こいつのことは、いくら書いても書ききれないくらいだ。

最後の1人は、昨年惜しまれつつも亡くなられた、この本にも名前を出している阿久津雄治組長だ。俺は阿久津組長が生きているうちに、感謝の思いを打ち明けることができなかった。これだけは悔やんでも悔やみきれない。この『歌舞伎町阿弥陀如来』が少しでも供養になってくれればいい…。勝手だが、そう思っている。

少しでも世の中のためになりましたら幸いと思い、この本を書くことにした。もしも、読み終えた方に勇気と感動を与えられていたら……それは何よりも嬉しく、素敵なことだと思う。

平成30年11月吉日　藤井 学

歌舞伎町阿弥陀如来
闇東京で爆走を続ける
ネオ・アウトローの不良社会漂流記

2018年12月13日　第一版第一刷発行

著者　**藤井 学**

発行者　揖斐 憲

発行所　株式会社サイゾー
〒150-0043 東京都渋谷区道玄坂1-19-2
スプラインビル3階
電話 03-5784-0791

印刷・製本　シナノパブリッシングプレス

編集　日笠功雄（V1 PUBLISHING）
装丁・本文デザイン　小屋公之
構成　井川楊枝（MARCOT）
写真　三田正明
協力　花田庚彦・竹村 明

ISBN978-4-86625-109-7
C0036 ¥1300E